KB109632

청춘의
문장들

청춘의
문장들

김연수

작가의 젊은 날을
사로잡은
한 문장을 찾아서

마음산책

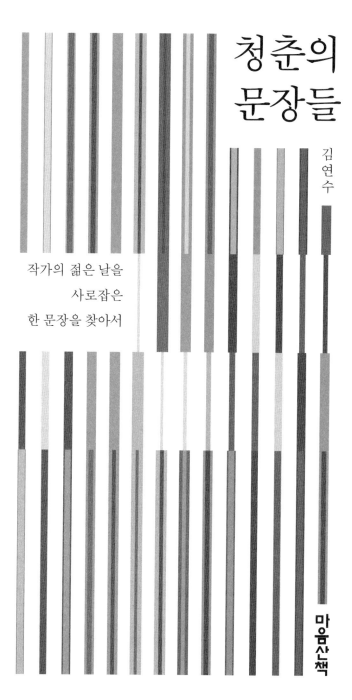

청춘의
문장들

작가의 젊은 날을 사로잡은 한 문장을 찾아서

1판   1쇄 발행 2004년 5월 1일
1판   49쇄 발행 2021년 5월 10일
개정판 1쇄 발행 2022년 7월 20일
개정판 5쇄 발행 2024년 11월 5일

지은이   김연수
펴낸이   정은숙
펴낸곳   마음산책

등록   2000년 7월 28일 (제2000-000237호)
주소   (우 04043) 서울시 마포구 잔다리로3안길 20
전화   대표 | 362-1452   편집 | 362-1451   팩스 | 362-1455
홈페이지   www.maumsan.com
블로그   blog.naver.com/maumsanchaek
트위터   twitter.com/maumsanchaek
페이스북   facebook.com/maumsan
인스타그램   instagram.com/maumsanchaek
전자우편   maum@maumsan.com

ISBN   978-89-6090-748-5 03810

* KOMCA 승인필
* 책값은 뒤표지에 있습니다.

청춘은 들고양이처럼 재빨리 지나가고

그 그림자는 오래도록 영혼에 그늘을 드리운다.

이 책을 처음 읽을 두 눈동자에게

1.

몇 년 전, 일본 나가사키의 한 대학에서 연구원으로 체류할 때의 일이다. 하만마치의 유명 식당인 욧소 본점에서 소설가 이승우 선생, 나가사키 원폭자료관 관장이자 아쿠타가와상을 수상한 소설가 세이라이 유이치 선생 부부 등과 욧소가 자랑하는 정식을 먹은 적이 있었다. 식사를 마치고 나와 비가 한두 방울 떨어지는 길에서 일행들과 헤어지려는데, 후쿠오카에서 이승우 선생과 함께 온 〈니시닛폰신문〉의 히라바루 나오코 기자가 갑자기 "분라쿠文樂 좋아하세요?"라고 내게 물었다. 분라쿠가 무엇인지 전혀 알 길이 없어 머뭇거리자, 그녀는 "일본의 전통 인형극인데, 관심이 있으시면 볼 수 있어요"라고 덧붙였다. 난생처음 듣는 얘기라면 귀가 솔깃해지는 성격인지라 "와, 재미있겠네요. 꼭 보고 싶습니다"라고 대답하고 말았다.

그러자 다음 날, 히라바루 기자에게서 메일이 왔다. 규슈대학교에서 한국어를 전공했기에 그녀의 한국어 문장은 매우 훌륭했지만, 외국인인지라 이따금 재미있는 표현도 발견할 수 있었다.

공연장인 하카타자에서 12월 19일 저녁 4시, 초대권을 받았습니다. 그날 하카타에서 기다리겠습니다. 나가사키 무대 소설 꼭 읽고 싶어요. 규슈는 지역마다 색깔이 달라 저도 아직 모르는 얼굴이 가득합니다. 일단 표 확보 보고드립니다.

나는 히라바루 기자도 모르는 규슈의 얼굴은 어떻게 생겼을지 상상해보려고 했지만, 머릿속에 떠오르는 것은 하나도 없었다. 그럼에도 아직 모르는 얼굴이 가득한 곳에 내가 와 있다고 생각하니 마음이 설렜다. 마치 중학교에 처음 등교한 날, 선생님에게서 초등학교 때와는 전혀 다른 생활이 이제부터 시작된다는 말을 들을 때처럼.

그렇게 12월 중순이 되어 연구실에 앉아 창밖을 내다보는데 쌀알 같은 것이 흩날렸다. 만나는 사람들마다 내게 "첫눈 봤어요?"라고 물었다. "어, 눈이 내렸나요?"라고 내가 반문했다. 사람들은 "아까 첫눈이 내렸는데"라며 안타깝다는 듯이 나를 바라봤다. 그래서 나가사키 사람들에게는 그게 첫눈이었다는 사실을 알게 됐다. 한국에서는 그 정도로는 첫눈이라고 부르지 않았지만, 거긴 규슈이고 눈에 대한 견해가 다를 수 있으니 굳이 그렇게 말하고 싶진 않았다.

그다음 날, 몇 주 전의 약속을 확인하기 위해 보내온 히라바루 기자의 메일 역시 첫눈 얘기로 시작됐다.

안녕하세요. 어제는 살짝 첫눈이 오고 이제야 겨울이 시작했네요. 내일 19일 공연은 예정 그대로 괜찮으세요? 4시 개연開演이라 10분 전에 하카타자 입구에서 기다리겠습니다. 아시아 미술관 옆입니다(미술관에는 지금 이중섭 그림도 오고 있어요).

다행히도 나는 후쿠오카를 자주 가봤기에 지도만 봐도 하카타자가 어디쯤 있는지 짐작할 수 있었다. 하카타역 앞에 서면 마치 부산역 앞에 서 있는 듯한 기시감이 들었다. 하카타자는 나카스라는 후쿠오카의 유흥가 근처에 있었다. 이 지역은 일본 3대 환락가로 손꼽히는 곳이라 화려한 네온사인과 천변의 다양한 술집과 포장마차 들이 눈길을 끈다. 거기에 비해 나가사키는 소박하고 작은 도시였기에 후쿠오카에 갈 때는 늘 도회지에 나간다는 설렘이 들었다.

인형극이라기에 가벼운 마음이었는데, 막상 하카타자에 가보니 기모노를 차려입은 관객이며 무대 한쪽에 샤미센을 들고 도열한 악사들에, 인형극을 위한 것이라고는 믿어지지 않을 정도로 거대한 무대가 눈앞에 펼쳐졌다. 인형을 움직이는 방식 역시 무척이나 낯설었다. 인형사는 삼인조였는데, 머리와 오른손을 움직이는 남자를 뺀 두 사람은 검은 옷에 검은 복면을 쓰고 각각 인형의 왼손과 두 발을 움직였다. 세 사람이나 붙어야 할 만큼 1미터는 족히 될 크고 정교한 인형이 었으나 뜻밖에도 움직임은 꽤 자연스러웠다.

짐작과는 전혀 다른 풍경을 보니 평소 잘 쓰지 않던 뇌 세포가 자극을 받았는지 한 번도 해보지 않은 생각이 들었다. 우리도 저 인형과 같은 신세는 아닐까? 내 안에 여러 명의 '나'가 있는데, 그 여러 명이 제멋대로 움직이면 좌충우돌하는 삶이 되고, 그중 우두머리가 잘 이끌면 물 흐르듯 자연스러운 삶이 되는 게 아닐까 등등.

분라쿠는 판소리처럼 '다유'라고 불리는 사람이 등장인물의 모든 대사와 지문을 이야기로 들려주는데, 목소리로 연기하다가 샤미센 반주에 맞춰 노래를 부르기도 한다. 하지만 옛날부터 전해 내려오는 대본을 그대로 사용하기 때문에 일본인도 그 이야기와 노래를 바로 이해하기란 쉽지 않아 다들 현대어로 번역된 대본을 읽고 있었다. 내게는 현대어 대본도 어려웠지만 이뤄질 수 없는 사랑에 빠진 남녀가 강물에 동반 투신자살한다는 내용 정도는 짐작할 수 있었다. 내 짐작과 다른 건 사랑에 빠진 두 남녀가 십대 소녀와 이웃집 아저씨인 사십대 남자였다는 점. 분라쿠에 등장하는 이런 동반자살을 '신주心中'라고 부른다.

왜 동반자살을 '마음속'이라고 부를까? 궁금해서 찾아

보니, '신주'는 '신주다테心中立'의 준말이었다. 사전에 '신주다테'는 '남녀가 서로의 사랑을 맹세하고 다른 사람의 마음으로 옮겨가지 않는 것, 혹은 그런 증거를 보여주는 것'이라고 풀이돼 있다. 그러니까 '신주'의 마음은 한 사람을 위해 더 이상 옮겨지지 않는 마음을 뜻하는 것이었다. 사랑의 맹세는 그런 요지부동의 마음 한가운데에다 새겨 넣는 것이니 죽음도 두 사람의 사랑을 가를 수는 없겠다. 에도시대부터 쓰였다는 이 표현 자체가 분라쿠를 상징하는 것이기도 해 분라쿠라면 다들 '신주'를 떠올린다고 한다. 에도시대라면 벌써 300년 전의 일이다. 그럼에도 이뤄질 수 없는 사랑에 빠진 남녀의 고뇌는 오늘 일처럼 생생했다.

전혀 예상치도 못한 내용의 인형극을 보고 하카타자를 나오니 이미 거리엔 어둠이 깔려 있었다. 그때 히라바루 기자가 말했다.

"내일 소토메의 옛 가톨릭신자 무덤을 취재하러 가는데, 같이 가실래요?"

역시 뜻밖의 제안. 그에 대한 나의 대답은?

이젠 다들 짐작하실 테지만…….

2.

나가사키에 있을 때는 한국 포털사이트에 잘 들어가지 않았다. 몇 달 만에 한국의 일들은 까마득하게 잊어버렸기 때문이라고 말하면 좋겠으나 사실은 뉴스 때문이었다. 글을 쓰다가 뭔가 확인하기 위해 포털사이트에 접속해서는 몇십 분 뒤 나는 누구이며 여기는 어디인가 싶은 웹페이지에서 전혀 원치 않았던 기사를 읽는 나 자신을 발견한 적이 한두 번이 아니었다. 그래서 포털사이트에 접속하면 빛의 속도로 검색창에 검색어를 입력한 뒤 엔터를 쳤다. 첫 화면에 노출된 뉴스 제목들에 마음을 빼앗기지 않기 위해서였다.

하지만 나처럼 뉴스를 읽지 않으려고 안간힘을 쓰는 사람들을 위해 그 당시 포털에서는 친절하게도 검색된 결과물 옆에 실시간 검색 순위를 보여주고 있었다. 그 리스트에는 누군가의 이름이 올라오는 경우가 많았는데, 간혹 '아, 이런 사람이 있었지'라거나 '왜 지금 이 사람이 이렇게 검색될까?' 싶은 이름이 눈에 들어올 때도 있었다. 그럴 때면 호기심을 참지 못하고 클릭하게 되는데, 가보면 부고 기사인 경우가 많았다. 그러니까 내가 실시간 검색어에 오른 이름을 알아보고 의아해서 클릭할 만한 사람이라면 그가 막 죽었을 확률이 높다는, 어지간히 서글픈 결론에 이르렀던 것이다.

그야말로 몰라도 되고 알고 싶지도 않은 과잉 정보라는 생각이 들어 포털사이트에는 잘 들어가지 않았다.

대신 나가사키에서는 도서관에서 종이신문을 읽었다. 그렇게라도 일본어 공부를 할 생각이었는데, 일본 사회에 대해서도 알게 되는 뜻밖의 소득도 얻었다. 내가 선택한 신문은 〈아사히신문〉이었다. 언젠가 도쿄에서 열린 문학 행사가 끝난 뒤, 그 신문사의 논설위원에게 갑작스런 인터뷰 요청을 받은 적이 있었다. 그분의 설명인즉슨 다음과 같았다. '행사장에서 당신이 하는 말을 듣고 흥미가 생겨 귀갓길 서점에 들러 번역본을 구입했다. 그리고 지하철을 타고 가면서 그 소설을 읽기 시작해 밤새 통독했고, 이렇게 인터뷰해야겠다고 마음먹었다.' 신문기자에게서 서점에서 내 소설을 사 밤새 통독했다는 말을 듣는 게 너무 신기해 세상에 이런 일도 있구나 싶었다. 그런 분이 논설위원으로 근무하는 곳이니 그 신문사를 신뢰하지 않을 수 있겠는가.

〈아사히신문〉에서 내가 가장 오랫동안 들여다본 건 새로 태어난 아이들을 소개하는 난이었다. 그 아래에는 부음란도 있지만, 말했다시피 그런 건 애써 읽고 싶지 않다. 하지만 지면은 부음란이 더 크다. 그도 그럴 것이 부음란에 실리는 사람들은 유명인인 데다 저마다 살아온 내력이 있으니

한 면을 다 채워도 부족하리라. 반면 새로 태어난 아이에 대해서는 이름과 태어난 날짜와 시각 외에는 엄마와 아빠의 이름 정도만 쓸 수 있을 뿐이다. 나는 그 이름들을 읽는 게 좋았다. 이름으로 사용된 한자를 읽으며 내 멋대로 그 아이들의 삶을 상상했다. 2040년이나 2060년, 혹은 2080년의 일들을. 2080년이라면 확실히 나는 죽고 없는 세상일 것이다. 내가 죽고 없는 세상은 과연 어떤 곳일까? 한 번도 가보지 못했으며, 원한다고 해도 갈 수 없는 세계. 나는 늘 그런 세계에 끌렸다.

내가 죽고 난 뒤의, 그 미지의 세계에 대한 힌트는 신문의 다른 지면에서 찾을 수 있었다. 한국에서는 이미 사라진 지 오래지만, 일본의 신문에는 여전히 연재소설이 실리고 있다. 소설가로서 부럽다는 생각이 들지 않을 수 없지만, 소설을 읽을 만한 일본어 실력은 못 되기에 대개 읽지 않고 넘어가는데 그 무렵에는 연재소설이 한 편 더 게재돼 있었다. 게다가 그 연재소설은 내가 잘 아는 작가의 작품이었으니, 그러니까 성함이 소세키라는 유명한 분인데…… 그런데…… 갑자기 정신이 번쩍 들었다. 벌써 100년 전에 돌아가신 분이 소설을 연재하고 있다니, 이게 무슨 판타지 같은 이야기인가 싶어서 두 눈을 비비고 다시 읽어보니 위쪽에 '메이지 43년 4월 26일'이라는 날짜와 〈도쿄아사히신문〉이라는 제호가 보였다. 메이지 43년, 곧 1910년에 자사의 신문에 연재된 나쓰메 소세키의 『문』이라는 소설을 다시 연재하고 있었던 것이다.

그 옛날로 돌아가 당시의 사람들에게 100여 년 뒤의 세계에 대해 말해준다면 그들은 어떤 표정을 지을까? 텔레비전으로 지구 반대편에서 일어나는 일을 실시간으로 본다거나 스마트폰으로 지인들과 바로바로 편지를 주고받는다고 말한다면? 분명 깜짝 놀랄 것이다. 그러나 그중에서도 그들이 가장 믿지 못할 일은 100여 년 뒤의 사람들도 〈아사히신문〉에 실린 나쓰메 소세키의 『문』을 매일 읽고 있을 것이라는 말이 아닐까. 2080년의 일들을 상상하는 나에게 미래의 누군가가 찾아와 그때에도 종이신문의 한 귀퉁이에 새로 태어난 아이들을 소개하는 기사가 실릴 것이라고 말한다면 어떨까? 그게 가장 놀랄 만한 일이다. 지금 우리가 하는 일을 먼 미래의 사람들도 하리라는 것. 소설을 읽고, 일기를 쓰고, 옆에서 걷는 사람의 손을 잡고, 단골 식당 앞에 줄을 서고, 보름달에 소원을 빌고…… 그렇게 이 세계는 계속 이어지는 것이다. 놀랄 만한 미래는, 그렇게 다가온다.

일본 시인 다니카와 슌타로는 「100년 뒤의 세상에 보내는 메시지」에서 그 놀랄 만한 미래의 일들에 대해 다음과 같이 썼다.

> 100년 뒤의 여러분,
> 아직 참치회 김밥 따위를 드십니까?
> 아직 지방 전통 맥주 따위를 마십니까?
> 아직 시 쪼가리를 읽습니까?
> 100년 뒤까지 살지 않아서
> 대답을 듣지 못하는 게 아쉽습니다.
> 지금, 행복하십니까? °

3.

다시 처음의 이야기로 돌아가 "내일 소토메의 옛 가톨릭 신자 무덤을 취재하러 가는데, 같이 가실래요?"라는 히라바루 기자의 질문에 대한 내 대답은 당연히 "물론이죠"가 되겠다. 나는 언제나 가보지 못한 길, 미지의 세계에 끌렸으니까. 나가사키의 서북쪽 해안 마을인 소토메는 소설가 엔도 슈사쿠의 대표작『침묵』의 무대가 되는 곳으로 일본 가톨릭사에

° 『시를 쓴다는 것』, 조영렬 옮김, 교유서가, 2015, 155쪽.

서는 빼놓을 수 없는 성지다. 몇 년 전 마틴 스코세이지 감독은『침묵』과 소토메를 바탕으로 일본의 가톨릭 순교사의 한 장면을 다룬 영화〈사일런스〉를 만들기도 했다.

　다음 날 오전, 니시닛폰신문사 차량이 나를 태우러 호텔 앞까지 왔다. 후쿠오카의 하카타에서 소토메까지의 소요 시간은 대략 두 시간 정도. 먼저 소토메 인근 바닷가에 건립한 엔도 슈사쿠 문학관에 들르기로 했다. 가는 동안 히라바루 기자는 복사한 자료와 CD를 내게 건넸다. 소설『침묵』에 많은 영향을 준 것으로 알려진 나가요 요시로의『청동 그리스도』복사본과 1582년 로마 바티칸을 향해 출발한 네 명의 일본인 소년 사절단이 유럽 각지를 방문할 당시 현지에서 유행했던 중세음악 모음집이었다.『청동 그리스도』도 마찬가지였지만, 특히 그 CD는 당장 사고 싶을 만큼 자료적 가치가 높았다. 하지만 지금은 절판되어 구하기 힘든 것이라 친절한 히라바루 기자도 가는 동안 차 안에서 들려주는 것 이상의 친절을 베풀 수는 없었다.

　엔도 슈사쿠 문학관은 내가 가본 문학관 중 가장 고요하고 아름다운 곳이다. 건물은 바다를 바라보고 있다. 진입로가 건물보다 위쪽에 있기 때문에 문학관은 시선 아래, 푸른 바다 위에 살짝 떠 있는 듯 보인다. 어떤 위압감도 느껴지지 않는다. 창이 커서 건물 안쪽으로도 바다의 풍경을 적극적으로 끌어온다. 채광시설이 꽤 좋은 데다 입구에 스테인드글라스가 있어 성당에 들어온 듯한 인상마저 든다. 분명히 그런 점을 염두에 두고 지은 게 틀림없다.

근처 시쓰 성당 앞에는 엔도 슈사쿠의 친필이 새겨진 '침묵의 비碑'가 서 있다. 거기에는 "인간은 이렇게나 슬픈데, 주여, 바다는 너무나 푸릅니다"라는 문장이 새겨져 있다. 한 번 보고 나면 영영 잊을 수 없는 문장이다. 엔도 슈사쿠 문학관에서 바다를 바라보노라면 그 문장이 거꾸로 마음에 와 닿는다. 그러니까 먼저 바다가 너무나도 푸르다는 것을 알게 되고, 그다음으로 슬픔이 느껴진다. 푸름이 바다의 속성인 것처럼, 그렇다면 슬픔은 인간의 속성인 것인가.

소토메 지구 자치회장인 마쓰카와 다카하루 씨는 직장을 은퇴한 뒤로 마을 뒷산에 흩어져 있는 옛 가톨릭신자의 무덤 지도를 만들고 있었다. 그의 집을 찾아갔더니, 남편은 종일 책을 들여다보고 연구만 한다고 말하며 그의 아내가 서재를 가리켰다. 서재 한쪽에는 소토메 지역의 지도가 걸려 있었다. 그 지도에 마쓰카와 씨는 새로 발견한 무덤들의 위치를 그려 넣고 있었다. 그분을 따라 산속의 옛 무덤들을 찾아간 일은 지금도 잊지 못할 경험이다. 발 디딜 곳이 없을 정도로 빽빽하게 놓인 묘비들의 오싹한 느낌 때문이었다. 묘비들은 대부분 세월이 흐르면서 넘어져버렸다. 십자가 표시는 선명하지만, 글자 같은 건 거의 뭉개진 상태였다. 왜 그런 일을 하느냐는 질문에 그는 몇 년 전 집을 수리하다가 발견한 고문서 하나를 우리에게 내보였다. 17세기부터 구전으로 전해온 '오라쇼'를 채록한 것이다. 본래 라틴어 기도문이었던 오라쇼는 구전으로 전해지며 일본식으로 변형됐다. 그 오라쇼 덕분에 그는 조상의 신앙에 다시 관심을 갖게 됐다고 한다.

근처 마을회관에 아직도 오라쇼를 음송할 수 있는 옛날식 가톨릭신자(일본에서는 '숨은 그리스도교도'라는 뜻의 가쿠레기리시탄隱れキリシタン이라고 부른다)가 있다고 해서 만나러 갔다. 한국어를 재미있게 표현하는 히라바루 기자가 "눈물이 날 듯한 큰 눈을 가졌다"라고 묘사한 분이었다. 동네 어른들이 모여서 놀기로 한 날이었는지, 마을회관 안에 술과 안주가 잔뜩 놓여 있었다. 어느 정도 마시자 노래방 기계를 틀어놓고 한 명씩 돌아가며 노래를 부르기 시작했다. 내게도 차례가 돌아왔다. 극구 사양했으나 스피커에서는 이미 〈돌아와요 부산항에〉의 전주가 흘러나오는 상황. 그러니 어떻게 하겠는가? 부를 수밖에. "꽃 피이이는……" 눈물이 날 듯한 큰 눈을 지닌 무라카미 시게노리 씨가 오라쇼를 읊조린 건 다

들 그렇게 한바탕 노래를 부르고 난 뒤의 일이었다.

염불과도 같은 중얼거림, 그건 300년의 세월을 건너온 읊조림이었다. 당시 일본을 지배하던 도쿠가와 막부가 가톨릭 신앙 활동을 금지하는 금교령을 내리자 신자들은 책자와 성물 등 신앙과 관련된 모든 물품들을 버리거나 감춰야만 했다. 그래서 서양인 신부에게서 배운 라틴어 기도문을 한 사람이 모두 암기하고 있어야만 했다. 그 이후에도 기록된 문헌 없이 기도문은 입에서 입으로만 전해졌다. 처음 그 기도문을 되뇌던 이들은 이제 그 무덤조차도 허물어져버렸는데, 기도문은 처음의 형태를 어느 정도 유지한 채 그대로 전해진 것이다.

그 목소리를 들으며 나는 인간의 삶이란 이토록 짧아서 슬픈 것이라는 걸 알게 됐다. 그럼에도 인류의 역사는 너무나 길다. 그렇게 짧은 인생을 살아가는 동안 우리가 꾸었던 꿈들은 그 흐름에 실려 머나먼 미래까지 전달될 것이다. 우리가 역사의 흐름을 믿을 수 있다면. 그렇게 과거와 현재와 미래의 우리가 모두 연결된 존재라는 것을 믿을 수 있다면. 지금도 우리는 우리보다 더 크고 넓고 깊은 존재에 닿아 있다.

그날 별이 총총한 밤하늘 아래 어두운 길을 따라 동네를 나서는데, 끝끝내 내게 노래를 부르라고 권했던 노인이 배웅

차 우리를 따라나섰다. 나는 한국에서 온 소설가라고 말씀을 드리니 그분은 어린 시절, 도쿄에서 찾아와 자기 집에 자주 묵었던 어느 손님 이야기를 꺼냈다. 하는 일 없이 왔다 갔다 하기에 직업이 뭔지 궁금했는데, 나중에 알고 보니 유명한 소설가였다고 한다.

"그렇다면 혹시?"

내가 물었다.

"그렇지. 엔도 슈사쿠 씨였지."

인간의 삶은 이토록 짧아서 슬픈 것이지만, 이제는 사라진 누군가를 평생 기억하는 사람이 있기에 과거의 세계와 미래의 세계는 하나로 연결되는 것이다. 마치 시간의 간격을 뛰어넘어 같은 책을 읽는 두 눈빛이, 같은 기도문을 읊조리는 두 입술이 우리의 세계를 다시 더 먼 미래로 나아가게 하는 것처럼.

4.

코로나 바이러스가 온 세상을 휩쓸기 시작할 무렵, 나는 쉰 살이 됐다. 지금까지 꽤 많은 세월을 살았는데도 한 살 더 먹을 때마다 나는 매번 놀라고 있다. 언제나 변하는 것이 삶이기에 인생은 새롭고 또 새롭다. 그리고 이제는 더 이상 청춘이라는 말과는 어울리지 않는 사람이 됐다. 쉰 살이 되면서 개인적으로도 많은 변화가 있었지만, 내가 사는 세상 역시 전에는 상상조차 하지 못했던 곳으로 바뀌어가고 있었다. 내가 알던 세계는 이렇게 끝나는 것인가, 하는 아쉬움이 들었다. 그즈음, 『청춘의 문장들』이 출판된 뒤 처음으로 나는 모든 문장들을 꼼꼼하게 읽었다.

그리고 어느 순간부터 나는 20여 년 전의 내가 쓴 문장들을 그대로 따라 쓰고 있었다. 배역을 이해하기 위해 메소드 연기를 하는 연극배우처럼. 그 시절에 나는 이십대에서 삼십대로 넘어가고 있었다. 20년 뒤에 이 세상과 내가 어떻게 변해 있을지는 전혀 상상하지 못한 채, 이 세상에서 살아가기 위해 안간힘을 쓰고 있었다. 나는 그 시절의 나를 떠올리며 20년 전의 내가 쓴 문장들을 그대로 따라 썼다. 마치 두 사람의 손이 서로 겹쳐지듯이. 만약 그렇게 우리가 서로 손을 잡을 수 있다면, 지금의 나는 20년 전의 나에게 어떤 이야기를 들려줄까?

'좋아하는 일을 좋아하면서 살아도 괜찮아. 마음껏 좋아해도 돼. 읽고 싶다면 하루 종일 책만 읽어도 되고, 쓰고 싶은 만큼 글을 써도 돼. 그건 시간 낭비가 아니야. 남들처럼 살아야 하는 게 아닌가, 하며 눈치를 보지 않아도 좋아. 지금은 돈

걱정을 하겠지만 충분히 만족하며 풍요롭게 사는 일은 돈과는 크게 상관이 없어. 그보다는 좋아하는 일을 좋아해서 그 일을 더 잘하게 되는 인생을 살도록 해.'

그렇게 말하면 (삼십대의) 나는 (오십대의) 내 말을 믿을까? 믿지 않겠지.

'믿기지 않겠지만 믿어야만 해.'

문장을 따라 쓰며 나는 그렇게 중얼거렸다.

'그렇게 믿게 되는 과정이 앞으로의 내 인생이 될 거야.'

내가 읊조린 마지막 말은 내 안에서 나왔지만, 그것은 나의 말이 아니었다. 어쩌면 먼 미래에서 들려온 말일지도 모른다. 다니카와 슌타로처럼 이제 나는 미래의 사람들을 생각한다. 코로나19 시대를 겪고도 살아남은 사람들과 코로나19 시대가 끝난 뒤에 태어난 사람들. 그중에는 미래의 나도 있다. 다시 20년 뒤의 나, 혹은 더 먼 미래의 나. 미래의 나는 코로나19 시대를 살아가는 내게 어떤 이야기를 들려줄까? 아마도 믿지 못할 이야기겠지. 그리고 또 이렇게 말하겠지.

'그렇게 믿게 되는 과정이 앞으로의 내 인생이 될 거야.'

'그렇게'라는 것이 어떤 것인지 알기 위해서 나는 살아야겠다. 그래서 나는 20년 전의 나를 흉내 내어 『청춘의 문장들』을 처음부터 끝까지 그대로 따라 써서 증보판을 내기로 했다. 그 과정에서 낡아버린 몇몇 글들은 책에서 빼고 『청춘의 문장들+』에 수록된 산문들과 새로운 글들을 함께 묶었다.

20여 년 전, 나는 『청춘의 문장들』의 마지막 글로 「이슬이 무거워 난초 이파리 지그시 고개를 수그리고」를 선택했다. 차를 몰고 서울의 강변북로를 달려 집으로 돌아가는데 문득 돌아가신 서울 아저씨의 목소리가 귓가에 울렸던 게 떠올라 쓴 글이었다. 지금은 아버지도, 어머니도 모두 이 세상 분이 아니시다. 그럼에도 문득문득 그분들의 음성이 들릴 때가 있다. 그럴 때면 나의 영혼은 지금까지 존재했던, 그리고 앞으로 존재할 모든 시간을 지금 이 순간 경험하고 있는 듯싶다. 우리는 영원히 함께 있는 듯싶다.

그러니 그 글에서 그랬던 것처럼, 이 글 역시 다음과 같이 끝맺고 싶다.

우리가 왜 살아가는지 이제 조금 알 것도 같다. 아니, 우리가 어떻게 살아가는지. 그렇게, 그냥 그 정도로만. 그럼, 다들 잘 지내시기를.

한 편의 시와 몇 줄의 문장으로 쓴 서문

고등학생이었던 나는 『데미안』과 『파우스트』와 『설국』을 읽었고 절에서 밤새 1080배를 했으며 매일 해 질 무렵이면 열 바퀴씩 운동장을 돌았으며, 매 순간 의미 있게 살지 않는다면 그 즉시 자살한다는, 우스꽝스러운 내용의 '조건부 자살 동의서'라는 것을 작성해 책가방 속에 넣고 다녔다. 시를 쓰는 여학생을 좋아했고 초콜릿 맛이 나는 담배 '장미'를 피웠으며 새벽 2시 비둘기호를 타고 부산으로 도망치는 친구를 배웅하느라 위스키 '나폴레옹'을 마셨다.

하지만 나는 무엇에도 만족할 수 없었다. 그런 밤이면 고향 집 2층 지붕 위에 올라가 누워 있곤 했다. 처음에는 내가 아래에 있고 별들이 위에 있지만, 그렇게 계속 바라보노라면 어느새 서로의 위치가 바뀌어 내가 위에 있고 별들이 아래에 있게 된다. 나는 서서히 그 별들의 바닷속으로 빠져들었다. 어디서 왔는지, 또 어디로 가는지 알 수 없는 별들만이 가득한 바다. 그렇다면 나는 또 어디서 와서 어디로 가는지…… 그게 너무나 궁금해 가슴이 터질 것만 같았다.

내 마음 한가운데는 텅 비어 있었다. 지금까지 나는 그 텅 빈 부분을 채우기 위해 살아왔다. 사랑할 만한 것이라면 무엇에든 빠져들었고 아파야만 한다면 기꺼이 아파했으며 이 생에서 다 배우지 못하면 다음 생에서 배우겠다고 결심했다. 하지만 아무리 해도 그 텅 빈 부분은 채워지지 않았다. 아무리 해도. 그건 슬픈 말이다. 그리고 서른 살이 되면서 나는 내가 도넛과 같은 존재라는 걸 깨닫게 됐다. 빵집 아들로서 얻을 수 있는 최대한의 깨달음이었다. 나는 도넛으로 태어났다. 그 가운데가 채워지면 나는 내가 아닌 다른 사람이 되는 것이다.

그럴 때 나는 두 개의 글을 읽는다. 하나는 이백의 시 「경정산에 올라獨坐敬亭山」이고 하나는 다자이 오사무의 딸 쓰시마 유코가 쓴 짧은 소설 「꿈의 노래」다.

여러 새들 높이 날아 가뭇해지고
쓸쓸하던 구름 하나 한가롭게 떠 가니
마주 보아도 서로가 싫지 않은 건
이제는 경정산만 남아 있구나.
衆鳥高飛盡　孤雲獨去閑
相看兩不厭　只有敬亭山

아이들을 잃고 서럽게 울다 눈이 먼 어머니의 노래, 그리운 안주安壽야, 호ー야레호ー, 그리운 즈시오廚子王, 호ー야레호ー, 그리워를 영어로 말하면, 아이 미스 유, 라지. 내 존재에서 당신이 빠져 있다. 그래서 나는 충분한 존재가 될 수 없다, 그런 의미라지. 안나, 호―레, 호―레의 여동생 신도, 너도, 모두 그럴 테니…….

내가 사랑한 시절들, 내가 사랑한 사람들, 내 안에서 잠시 머물다 사라진 것들, 지금 내게서 빠져 있는 것들……. 이 책에 나는 그 일들을 적어놓았다. 하지만 당연하게도 그 일들을 다 쓰지는 못하겠다. 내가 차마 쓰지 못한 일들은 당신이 짐작하기를. 나 역시 책을 읽으며 짐작했으니까. 이제는 경정산만이 남은 이백에게 마주 보아도 서로가 싫지 않았던 사람들은 모두 사라졌음을, 그리워라고 말하는 사람에게는 지금 누군가 빠져 있음을 짐작했으니까. 당신도, 나도, 심장이 뛰고 피가 흐르는, 사람이니까. 호―야레호―, 내게도 이제 경정산만이 남아 있을 뿐이니까, 호―야레호―, 당신도, 그 어떤 사람도 결국 그럴 테니까, 그렇게 우리는 충분한 존재가 될 수 없는, 도넛과 같은 존재니까, 이제 다시는 이런 책을 쓰는 일은 없을 테니까, 삶은 때로 한 문장으로 말해질 수 있으니까.

차례

내 나이 서른다섯

옛날 어떤 사람이 꿈에 미인을 봤다. 너무도 고운 여인이었으나 얼굴을 반쪽만 드러내어 그 전체를 볼 수가 없었다. 반쪽에 대한 그리움이 쌓여 병이 되었다. 누군가가 그에게 '보지 못한 반쪽은 이미 본 반쪽과 똑같다'고 깨우쳐주었다. 그 사람은 바로 울결이 풀렸다.

昔有人夢見一姝, 艶甚而只露半面, 以未見其全, 念結爲病. 人曉之曰, 未見之半, 如已見之半, 其人卽念解.

— 이용휴,『제반풍록題半楓錄』중에서

이제 나는 서른다섯 살이 됐다. 앞으로 살 인생은 이미 산 인생과 똑같은 것일까? 깊은 밤, 누워서 창문으로 스며드는 불빛을 바라보노라면 모든 게 불분명해질 때가 있다. 그럴 때면 내가 살아온 절반의 인생도 흐릿해질 때가 많다. 하물며 앞으로 살아갈 인생이야.

지금도 슬픈 생각에 고요히 귀 기울이면

1997년 무렵, 서울 큰 병원에 오신 어머니를 고향으로 보내드리느라 서울역에 나갔다가 우연히 할인 판매되는 책들을 봤다. 세상에는 슬픈 낯빛을 한 얼굴들이 여럿 있는데, 그중에서도 내겐 재고로 할인 판매되기만을 기다리는 책들의 낯빛이 무척 슬프다. 훑어보는데 정조 때 사람 이덕무의 책이 보였다. 별생각 없이 나는 그 책을 사들고 관절염으로 고생하시는 어머니를 배웅했다.

막내아들에 대한 어머니의 걱정이 대단했다. 취직할 생각은 없고 소설만 쓰겠다고 하니, 당장 저놈이 어떻게 먹고 살 것인가 걱정되실 게 분명했다. 늘 그랬듯이 싱겁게 웃으며 나는 잘될 테니 걱정 마시라고 말하며 어머니를 보내드렸다. 하지만 돌아오는 길은 쓸쓸하기 그지없었다. 일제히 불 밝힌 가로등처럼 '이렇게 살아도 되는 것일까' 하는 의문이 내 머리 위를 맴돌며 계속 따라왔다. 집에 와서 사들고 온 책을 보니 제목이 『사람답게 사는 즐거움士小節』이었다. 남는 것이 시간이라는 생각으로 읽기 시작했다. 그 책은 참으로 고약한 책이었다.

말하자면 에티켓을 가르치는 책이라 내용은 대개 이런 식이었다. '무릇 생선이나 고기를 구울 때는 젓가락으로 뒤집고, 맨손으로 뒤집지 말라. 그리고 손에 묻어도 빨아 먹어서는 안 된다.' '무나 참외를 먹다가 남을 줄 때에는 반드시 칼로 이빨 자국을 깎아버리고 주어야 한다.' '아버지에게는 공경하면서 너무 무서워하고 어머니에게는 사랑하면서 버릇없이 구는 경우가 있는데, 너무 무서워하면 애정이 펴지지 못하고 버릇없이 굴면 공경심이 행해지지 못한다.' 가히 세 살 때 이웃 창기娼妓가 준 돈 한 푼을 더럽다고 집어 던졌는데, 자기 신발 위에 떨어지자 수건으로 신을 닦은 사람이라더니 이처럼 고리타분한 금지 사항들을 열거해놓고서는 잘도 '사람답게 사는 즐거움'이라고 한다고 생각했다.

그런데 이 시시콜콜한 문장들을 따분하게 읽던 내 눈에 갑자기 눈물이 흐르기 시작했다. 왜 그랬을까? 오래된 마룻널처럼 움직일 때마다 삐걱대는 아픈 몸으로 기차에 올라탄 어머니를 배웅하고 돌아온 나의 마음에 이덕무의 문장이 불쑥 들어온 것이다. 온갖 금지 사항만 늘어놓던 이덕무는 불쑥 다음과 같은 문장을 썼다.

'나의 아버지와 숙부들이 다 살아 계실 때는 매우 우애가 돈독하였다. 다섯 분 형제가 한 방에 모이시면 화기가 가득하였다. 어머니께서는 이분들을 공경히 섬겨 아침저녁 식사를 반드시 손수 장만하시어 다섯 그릇의 밥과 다섯 그릇의 국을 반드시 큰상에 차려서 드렸다. 다섯 분은 빙 둘러앉아서 똑같이 식사를 드시는데 화기가 애애하였다. 나는 어릴 때 그 일을 보았다. 지금은 네 분 숙부가 다 작고하고 어머니도 세상을 떠나셨으며, 아버지만이 홀로 계시는데, 때로 그 일을 말씀하실 때마다 눈물을 흘리지 않으신 적이 없었다.'

이 문장을 쓰면서 이덕무는 그저 '어릴 때 그 일을 보았다'며 '어머니도 세상을 떠나셨다'고만 말했다. 그리고 그 일을 말씀하실 때마다 눈물을 흘리시는 아버지 얘기로 문장을 끝내고는 다시 '~하지 마라'는 식의 글을 계속 쓴다. 이 문장에서 이덕무는 자신의 마음은 한 줄도 쓰지 않았다. 그런데도 내게는 그가 어머니와 네 분 숙부를 얼마나 사랑했는지, 그들을 여의고 난 뒤 집이 얼마나 조용해졌는지, 아버지와 둘이 앉아 옛일을 얘기하노라면 슬피 우시는 아버지 때문에 눈물도 보이지 못한 이덕무의 가슴이 얼마나 아팠겠는지 고스란히 느껴졌다. 그제야 나는 이 책에 실린 말들이 사실은 이덕무의 말이 아니라, 그 어머니의 말이라는 것을 깨달을 수 있었다. 손에 묻어도 빨아 먹지 말아라, 얘야. 참외를 먹다가 남에게 줄 때는 꼭 칼로 이빨 자국을 깎아버리고 주어야 한다.

내 나이 열일곱 살 때, 어머니는 자궁암 판정을 받고 대수술을 받았다. 평생 제과점을 운영한 분이라 어머니 정이라고는 잘 모르고 살았다고 생각했는데, 병원에 입원하시고 나서야 그분의 자리가 얼마나 큰 것인지 알았다. 어린 마음에는 그저 어찌해야 할 지 알 수가 없었다. 한때 내가 들어 있었을 아기집을 떼고 난 뒤에야 어머니는 다시 몸을 일으킬 수 있었다. 그다음 해부터 여름이면 어머니는 입퇴원을 반복하는 아슬아슬한 삶을 사셨다. 아기집을 먼저 보낸 어머니의 몸은 세상에 잘 적응하지 못했다.

그리고 1993년 겨울, 누군가를 따라간 점집에서 집을 고치면 가족 수가 준다는 얘기를 들었다. 지난가을, 우리는 이미 집을 고친 뒤였다. 사색이 된 내가 방법을 물었더니 점쟁이는 굿을 하라고 했다. 가톨릭신자인 어머니가 어떻게 굿을 하겠는가? 그러자 성모님을 열심히 찾아 기도하라며, 애처로운 표정으로 점쟁이가 말했다. 그다음 해 내내 나는 이사 가자고 졸랐지만, 아버지는 내 말을 듣지 않았다. 그렇다고 그 이유를 설명할 수도 없었다. 그리고 그해 여름, 아침에 잠에서 깼더니 식구들이 아무도 없었다. 불안한 예감이 나를 휩쓸었다.

전전긍긍하며 빈집에 앉아 있는데, 한참 만에 형에게 전화가 왔다. 어머니가 아침에 쓰러졌는데, 고향의 병원에서는 포기했기 때문에 대구의 큰 병원으로 갈 예정이니 빨리 오

라는 것이었다. 병원으로 가 구급차로 옮겨지는 어머니를 본
순간, 눈물이 왈칵 쏟아졌다. 어머니는 혼수상태에 빠져 있
었다. 몸이 오슬오슬 떨렸다. 스무 살도 더 넘었지만, 그저 어
찌해야 할지 알 수 없기는 어릴 때나 그때나 마찬가지였다.

　대학병원 응급실에 도착하자 의사는 어머니의 가슴 부
위에 엄청나게 긴 주삿바늘을 꽂았다. 심장으로 바로 주사한
다고 했다. 그렇게 긴 바늘은 본 적이 없었다. 그 바늘이 무서
워 우리 세 남매는 울기만 했다. 어머니 몸에 그 정도 바늘이
꽂히는 것도 두 눈 뜨고 못 보는 우리 남매가 어머니 없이 어
떻게 지낸단 말인가? 얼마나 울었을까? 어머니의 상태는 차
츰 나아지고 있었다. 어머니의 정신이 조금씩 돌아오고 있었
다. 그렇게 어머니는 우리를 세상으로 이끈 당신의 아기집과
영영 헤어지는 일을 모두 끝마쳤다.

　나도 어려서 그 일을 모두 봤다. 어머니가 건강하다는
게 얼마나 좋은 일인지 모른다. 『사람답게 사는 즐거움』의
바로 그 문장을 쓸 때, 자기는 울지 않은 것처럼 짐짓 아버지
얘기만 했지만 이덕무가 눈물을 흘렸다는 것은 두말할 나위
가 없다. 이덕무의 어머니 반남 박씨가 돌아가신 것은 그의
나이 스물네 살 되던 1765년의 일이었다. 모친상을 당하여서
는 수질(상복을 입을 때 머리에 두르는, 짚에 삼 껍질을 감은 둥근

테)과 요대를 풀지 않고 조석으로 슬피 우니 이웃 사람들이 그를 위하여 귀를 가렸다고 연암 박지원은 벗 이덕무를 기리는 글에 썼다. 그때의 일을 이덕무는『이목구심서耳目口心書』에서 이렇게 썼다.

폐병이란 것은 기침병이다. 지금도 슬픈 생각에 고요히 귀 기울이면 우리 어머니의 기침 소리가 은은히 여태도 귀에 들려온다. 황홀하게 사방을 둘러봐도 기침하는 내 어머니의 그림자는 또한 볼 수가 없다. 이에 눈물이 솟구쳐 얼굴을 적신다. 등불에게 물어봐도 등불은 말이 없는 것을 어이하리.
肺病者咳喘也 于今悲思而靜聽, 則吾母之咳喘, 隱隱尙在于耳也. 怳惚而四贍, 則咳喘之吾母, 影亦不可覯矣. 於是淚湧而面可浴也. 問諸燈, 奈燈不語何.

지나가던 아낙네의 밭은기침 소리에도 이덕무는 눈물을 흘렸겠다. 그 슬픔의 내력을 어디에다 묻겠는가? 어머니가 어디로 가셨는지 등불에 물어본들 등불은 말이 없을 터. 서얼인 이덕무에게 어머니야말로 세상에 둘도 없는 분이었을 것이다. 그런 어머니를 여의었으니 그 슬픔을 어찌 다 말할 수 있었겠는가? 그래서 어머니를 말하는 이덕무의 문장에는 곳곳에 말줄임표가 숨어 있다.

그해 음력 12월 7일에 쓴 글에는 이런 구절이 나온다. '공자가 아니었더라면 나는 거의 발광하여 뛰쳐나갈 뻔하였다. 앞서 한 일을 생각해보니 아마득하기 마치 꿈속만 같다.'

슬픔을 말하지 않고 '공자가 아니었더라면'이라고 말하는 사람. 견디지 않으면 안 된다라고 말하지 않고 '생선을 맨손으로 뒤집지 말라'고 말하는 사람. 그런 사람의 눈에 맺힌 눈물 자국이 아직도 눈에 보이는 듯하다.

내리내리 아래로만 흐르는 물인가, 사랑은

딸아이 열무가 태어나기 전부터 나는 자전거 앞에 아이용 의자를 설치할 계획이었다. 하지만 갓 태어난 아이는 내 생각보다 훨씬 작았다. 자전거 앞에 그 아이를 태우고 함께 논둑길을 달리려면 적어도 5, 6년은 지나야 할 것 같았다. 아내와 아이가 처가에 가 있는 동안, 혼자서 동네 한 바퀴 돌고 와 다시 자전거를 아파트 베란다에 넣었다.

열무는 여간해서는 큰 소리로 울지 않는 아이다. 시간이 지나면서 이 아이가 과연 어디서 왔을까 하는 처음의 의문은 사라지고 차츰 나도 어렸을 때 저랬을까 하는 궁금증이 일었다. 문을 빠끔히 열고 안을 들여다보면 열무는 쌔근거리며 잠을 잘도 자고 있었다. 아이가 태어난 뒤 우리 부부의 삶에는 이런저런 변화가 생기지 않을 수 없었다. 나는 새로 바뀐 환경에 잘 적응하지 못했다. 여러모로 낯설고 당황스러운 일이 많았다. 하지만 깨어 있을 때면 열무는 뭐가 그리 우스운지 나를 보며 웃었다. 그럴 때면 안심이 됐다. 우리는 어쨌든 가족이 됐다.

5, 6년은 지나야 자전거 앞에 태울 수 있을 줄 알았는데, 열무의 두 번째 여름이 찾아올 때쯤 나는 자전거 앞에 아이용 의자를 설치했다. 태어난 아이는 내 생각보다 무럭무럭 자랐다. 그리고 보면 내가 모르는 일은 정말 많았다. 아버지가 된

다는 게 뭘 뜻하는지, 이제 갓 태어난 아이에게 세상이 얼마나 두렵고 놀라운 것인지. 자전거 가게 아저씨가 의자를 설치하는 동안, 내 품 안에서 호기심에 가득 차 고개를 갸우뚱거리던 열무는 정작 의자에 앉히려고 드니까 울음을 터뜨렸다. 아무래도 무서워하는 것 같아 괜한 짓을 했나 싶었다.

하지만 집에 돌아와 다시 앉혔더니 고분고분히 않는 것이었다. 조심스레 달려보니 소리를 지르고 연신 고개를 돌려 내 얼굴을 바라봤다. 얼굴로 와 부딪히는 바람이 좋았던 모양이었다. 내친김에 멀리까지, 그러니까 우리 아파트 건너편에 있는 논둑길까지 달렸다. 정말 아름다운 여름이었다. 햇살을 받은 이파리들은 초록색 그늘을 우리 머리 위에 드리웠고 바람에 따라 그 그늘이 조금씩 자리를 바꿨다. 금방이라도 초록색 물이 떨어질 것만 같은 분위기였다. 나무 그늘 아래를 달리면서 나는 "열무와 나의 두 번째 여름이다"라고 혼자 말해봤다. 첫 번째 여름을 열무는 누워서 보냈고 두 번째 여름에는 아빠와 자전거를 타고 초록색 그늘 아래를 달렸다. 세 번째 여름은 또 어떤 일들이 일어날까? 지금 내가 하는 기대 중 가장 큰 기대는 바로 그런 것이다.

내가 마지막으로 고향 집에 머문 것은 방위병으로 근무

할 때였다. 아버지가 늦잠 자는 나를 깨우는 일이 다시 시작됐다. 아버지는 때로는 화를 내면서, 때로는 혀를 차면서 나를 깨웠다. 그러니까 초등학교 시절부터 고등학교를 졸업할 때까지 12년을 반복했던 일이었다. 내가 자라 청년이 되어가는 만큼 아버지는 노인으로 바뀌어가고 있었다. 방위병 근무를 마치고 서울로 떠나면 그 모든 일들도 이제 다시는 돌아올 수 없는, 기억 속의 일들이 될 테지만 아무려나 그때 나는 그런 생각을 하지 못했다. 세상이 나를 버린 것만 같은 생각에 빠져 있던 그 시절, 나를 사로잡은 것은 정약용의 형인 정약전이었다.

정약용의 집안은 1801년 신유사옥으로 풍비박산이 났다. 이해에 셋째 형 정약종은 천주교를 믿는다는 이유로 목숨을 잃었고 둘째 형 정약전과 정약용은 각각 강진현 신지도와 장기현으로 유배당했다. 그해 10월, 황사영 백서사건으로 다시 서울로 압송된 이들은 두 번째 유배지를 향해 떠났다. 정약전은 흑산도로, 정약용은 강진으로. 귀양 가던 두 형제는 나주 율정점에서 헤어졌다.

정약용이 유배지 강진에서 18년 동안 생활하면서 500여 권에 달하는 『여유당전서』를 지은 일은 유명하다. 그에게 『여유당전서』 500여 권이란 폐족의 처지를 벗어나는 일이었다. 하지만 나를 사로잡았던 정약전은 그다지 많은 책을 쓰지 않았다. 정약용도 형의 묘비명에 쓰기를, "공은 책을 편찬하거나 저술하는 데는 게을렀기 때문에 지으신 책이 많지 않다. 『논어난』 2권, 『역간』 1권, 『자산어보』 2권, 『송정사의』 1권이 있는데 모두 귀양 살던 바다 가운데서 지으신 거다"라고 했다. 정약전이 죽은 것은 흑산도에 유배된 지 16년이 지난 1816년의 일이니, 정약용만큼이나 많은 시간이 있었던 셈이다. 그 세월 동안 그는 뭘 한 것일까?

방위병이 된 나 역시 위수지역인 고향을 한 발자국도 떠나지 못하는 신세가 됐다. 매일 원치 않은 일을 하며 출퇴근하다 보니 바닷가에 나와 앉아 뭍을 그리워하는 눈을 거둬 물고기를 들여다보며 『자산어보』를 쓰는 정약전의 모습이 떠올랐다. 결국 『자산어보』란, 그 책에 등장하는 각종 물고기들의 생김새와 생태란, 그리움의 다른 이름이 아니었을까. 그렇다면 그는 뭘 그리워했던 것일까? 나처럼 서울의 일을? 혹은 앞으로 자신이 할 일들을? 혹시 흑산도에 갇힌 몸이 아니라 자유로운 자신의 영혼을?

방위병 근무를 마치고 나는 영영 고향 집을 떠났다. 이제 아버지는 더 이상 늦잠 자는 나를 깨울 필요가 없었다. 나도 더 이상 아버지의 간섭을 받을 필요가 없었다. 한때 아버지와 나는 하루도 떨어져 지내지 않는 사이였지만, 이제는 1년에 만나는 횟수가 열 손가락으로 다 꼽을 수 있게 됐다. 그리고 한동안 나는 그게 자유라고 생각했다.

자유. 아침에 늦게까지 잠잘 수 있는 자유. 내 멋대로 머리를 기를 수 있는 자유. 며칠씩 쏘다니며 술을 마시고 들어와도 잔소리 듣지 않을 자유. 그 자유는 감미로웠다. 하지만 오래 가진 않았다. 소중한 것은 스쳐 가는 것들이 아니다. 당장 보이지 않아도 오랫동안 남아 있는 것들이다. 언젠가는 그것들과 다시 만날 수밖에 없다. 스물두 살. 나는 정약전이 그저 뭍만 그리워한 줄 알았다. 하지만 그게 아니었다. 정약용이 쓴 「선중씨先仲氏 정약전 묘비명」을 읽는데 내 눈에 문득 이런 구절이 들어왔다.

차마 내 아우로 하여금 바다를 두 번이나 건너며 나를 보러 오게 할 수는 없지 않는가. 내가 마땅히 우이보에 나가서 기다려야 되지.

不忍使吾弟 涉重溟以見我 我當於牛耳堡待之

1801년 11월 21일 목포 방향과 해남 방향으로 갈라지는 삼거리 주막 거리인 나주 율정점에 도착한 정약전과 정약용

형제는 다음 날 아침 그곳에서 헤어져 각자의 유배지로 떠났다. 이 일을 정약용은 「율정별栗亭別」이란 시에서 '띠로 이은 가겟집, 새벽 등잔불이 푸르스름 꺼지려 해/ 잠자리에서 일어나 샛별 바라보니 이별할 일 참담해라/ 그리운 정 가슴에 품은 채 묵묵히 두 사람 말을 잃어/ 억지로 말을 꺼내니 목이 메어 오열이 터지네'라고 노래했다.

그렇게 헤어지고 13년이 지난 1814년 아우 정약용이 유배지에서 풀려나리라는 소식이 정약전에게 들려왔다. 처음 떠나올 때만 해도 흑산도 입구인 우이도에서 살았으니 우이도로 잘못 찾아간 아우가 한 번 더 바다를 건너는 수고를 할까봐 정약전은 고집을 피워 우이도로 다시 나갔다. 그리고 거기서 3년을 더 아우를 기다리다가 죽었으니 아우 정약용의 가슴이 그 얼마나 아팠겠는가! 그 묘비명에 '악한 놈들의 착하지 못함을 쌓아가던 게 이와 같았었다'라고 쓰는 심정을 알 것도 같다.

유배 16년 동안, 겨우 몇 권의 책만 쓴 정약전. 그가 뭍이 아니라 아우를 그리워했다는 사실을, 그 그리움을 잊으려고 물고기들을 하염없이 바라봤다는 사실을 알게 된 것은 내가 마지막으로 집을 떠나고서도 아주 오랜 시간이 지난 뒤였다. 사랑은 물과 같은 것인가. 그 큰 사랑이 내리내리 아래로만 흘러간다. 그런 줄도 모르고 아이들은 무럭무럭 자라 집을 떠나고 어린 새들은 날개를 퍼덕여 둥지 위로 날아오른다.

그늘을 돌아 나오다 열무가 조용하다 싶어 얼굴을 바라봤더니 자전거 앞자리에 앉은 채로 졸고 있었다. 얼른 방향을 바꿔 돌아서니 이미 잠에 빠져들었다. 그 불편한 자전거 앞자리에서 어찌 이리 곤히 잠들 수 있을까? 내려서 안고 가려고 해도 너무 멀리까지 왔기 때문에 빨리 집으로 돌아가 재우고 싶었다. 한 손으로는 핸들을, 한 손으로는 아이를 붙잡고 자전거를 탄 채 논둑길을 내달렸다. 길을 걸어가던 사람들이 의아한 표정으로 열무와 나를 바라봤다.

탐스러운 초록색으로 물든 들판이 좌우로 펼쳐졌다. 그리고 내 머릿속으로는 어릴 적 일들이 떠올랐다. 갑자기 직장을 그만두신 아버지는 저녁이면 자전거를 타고 퇴근한 직장 동료나 친구들 집에 놀러 가곤 했다. 그 자전거 앞자리에는 어린 내가 앉아 있었다. 아버지가 친구들과 술을 마시는 동안, 나는 낯선 동네에서 놀다가 지쳐 잠들었다. 해가 저물고 나면 얼굴이 불콰해진 아버지가 나를 깨웠다. 잠이 덜 깬 얼굴로 나는 열무처럼 어린이용 의자에 올라탔다. 자전거는 가끔 비틀거렸으리라. 나는 가끔 졸았으리라. 하늘에는 별빛이 눈부셨으리라. 아버지는 노래를 흥얼거렸으리라. 밤길로는 고장 난 백열등이 깜빡거렸으리라. 나는 어른이 되는 꿈도 꿨으리라.

　열무와 나의 두 번째 여름은 그렇게 지나가고 있었다. 나는 여전히 열무에게 익숙하지 못한 아버지였다. 하지만 내게 아버지가 없었더라면 그마저도 못 될 뻔했다. 아이가 생기면 제일 먼저 자전거 앞자리에 태우고 싶었다. 어렸을 때, 내 얼굴에 부딪히던 그 바람과 불빛과 거리의 냄새를 아이에게도 전해주고 싶었다. 아버지에게 받은 가장 소중한 것. 오랜 시간이 흘러도 사라지지 않고 오랫동안 남아 있는 것. 집이 있어 아이들은 떠날 수 있고 어미 새가 있어 어린 새들은 날갯짓을 배운다. 내가 바다를 건너는 수고를 한 번만 했다면 그건 아버지가 이미 바다를 건너왔기 때문이다. 나도 이제 열무를 위해 먼저 바다를 건너는 방법을 배워야겠다. 쉽지 않다고 해도, 기꺼이.

갠 강 4월에 복어는 아니 살쪘어라

평생 적금 같은 것을 납입해본 적이 없지만, 적금 만기일이 돌아온다면 그게 4월이면 좋겠다. 그 돈으로 수천 그루의 나무를 사서 대대적인 식목일 행사를 벌이고 싶기 때문이다, 라고 말한다면 믿을 사람이 없겠고 대단히 단순한 논리지만 4월에는 내 생일이 있기 때문이다(나를 아는 사람들은 적금을 깨어 선물을 준비하기를). 4월생에게는 어쩔 수 없이 해마다 돌아오는 봄이 1년쯤 납입한 적금 같은 것이다. 4월이 되어 골목길 담장 너머 목련이 두릿두릿한 눈으로 지나는 사람을 바라보고 시장에 딸기가 쏟아져 나오면 내 마음은 풍성해진다. '또다시 크리스마스'가 아니라 '또다시 4월'인 셈이다.

그래서 나는 선천적으로 봄꽃에 대단히 취약한 유전자를 타고났다. 기점은 입춘부터다. 책상 앞에 붙여놓는 '立春大吉(입춘대길)'이라는 글자는 내 마음에 첨가하는 이스트와 같다. 그때부터 마냥 봄을 기다리는 마음은 우수에 이르러 절정에 달하는데, 대개 그즈음이면 텔레비전에서는 "내일부터 비가 내리며 한 차례 꽃샘추위가 지나갈 예정입니다"라는 예보가 나오게 마련이고 해마다 어김없이 나는 그 멘트에 휴가 첫날, 애인에게 바람맞은 장병의 꼴이 되고 만다. 봄이라는 것에 입이라도 있다면 전화를 걸어 왜 안 오느냐고 따져 물기라도 할 텐데 그럴 리 만무. 결국 우수를 지나 경칩에 이르는 동안 내 마음은 바람 빠진 풍선처럼 시들해진다.

내가 삶이란 직선의 단순한 길이 아니라 곡선의 복잡한 길을 걷는다는 사실을 깨닫는 것은 바로 그때다. 그게 사랑이든 복권 당첨이든, 심지어는 자정 가까울 무렵 버스를 기다리는 일이든 기다리는 그 즉시 내 손에 들어오는 것은 하나도 없다. 효율성과 경제성의 관점에서 냉정하게 평가하자면, 삶이라는 건 대단히 엉성하게 만든 것이다. 원하는 것을 원하는 순간에 얻을 수 있다면 삶은 얼마나 깔끔할까? 그렇다면 술에 취해 통화를 거부하는 사람의 음성사서함에다 대고 우는소리를 한다거나 변심한 애인 때문에 탈영한다거나 피곤한 하루를 역시 피곤한 운전기사와 함께 버스 배차 간격의 문제점이라는 묵직한 주제로 토론하며 끝내는 일 따위는 없어질 텐데.

하나둘 꽃 소식이 들려오는 것은 마음이 푹 꺼져 들어간 그날부터다. 내 마음은 도로표지판처럼 하얀 화살표를 만들어 남해안을 가리키게 된다. 봄, 전방 338킬로미터. 교양 국어 커리큘럼처럼 해마다 봄이면 신문마다 실리는, 작년의 내용과 크게 다르지 않은 남쪽 지방 꽃 소식을 읽다가 참을 수 없게 되면 나는 짐을 챙겨 떠난다. 통영, 섬진강, 해남 등 지도에 실린 그 이름들은 저마다 다르지만, 그 무렵이면 모두 같은 곳이 된다. 봄나라. 언젠가 지리산 남원 쪽 실상사는 아직 늦겨울이었는데, 산 너머 하동 쌍계사는 봄이었던 것을 경험한 적이 있었다. 국립공원 입장료를 내고 지리산 관통 도로를 넘어왔는데, 나중에 돌이켜보니 그건 봄나라로 입국하는 절차처럼 느껴졌다. 일단 그렇게라도 봄을 느끼고 나면 이제 겨울은 한동안 찾아오지 않는다. 그나마 삶이 마음에 드는 것은, 첫째 모든 것은 어쨌든 지나간다는 것, 둘째 한 번 지나가면 다시 돌이킬 수 없다는 것.

봄을 여러 차례 겪으니 그처럼 기다리지 않으면 봄이 오지 않는다는 사실을 알게 된다. 봄이 지나가고 나면 그뿐, 내 한 해는 다 가고 말아 삼백예순 날 하냥 섭섭해 울지 않으면, 꽃이 피기까지 찬란한 슬픔의 봄을 아직 기다리고 있지 않으면 안 된다는 사실을 깨닫게 된다. 아직은 이 생에서 졸업할 생각이 없으니까 삶이 뭔지 모두 알고 싶은 욕망은 없지만, 젊은 날의 순정을 빼앗기고 나니까 그 정도 깨달음은 내게도 생기게 됐다. 그럴 때 연주회가 시작되기만을 간절히 기다리며 몇 번이나 읽은 프로그램을 다시 읽는 것처럼 책을 읽게 된다.

봄을 기다릴 때, 나는 시집들을 읽는다. 봄에 딱 어울리는 것이 바로 당시唐詩다. 시인들이란 모자란 것, 짧은 것,

작은 것들에 관심이 많은 자들이니 계절로는 금세 지나가는 봄과 가을을 지켜보는 눈이 남다르다. 그러나 왠지 가을에는 당시집을 펼치는 일이 거의 없다. 아무래도 봄만큼 가을을 간절히 기다리지는 않기 때문일 것이다. 내게 당시라면 임창순 선생의 『당시정해唐詩精解』에 실린 시들이다. 소리 내 읽다 보면 입에서 향기가 날 것 같다. 세상 살아가면서 그런 향기 입에 담고 친구와 술 마시는 일보다 윗길은 그리 많지 않다.

당시를 읽고도 시간이 남으면 그다음은 하이쿠다. 새 책방에는 없고 헌책방에만 돌아다니는 『일본인의 시정—하이쿠편』은 몇 권이나 산 책이다. 하이쿠 역시 읊는 맛이라 병기된 히라가나를 더듬더듬 읽으며 5·7·5조를 느끼는 맛이 각별하다. 도대체 '세상은 사흘/ 보지 못한 동안에/ 벚꽃이라네' 같은 시를 읽지 않고 어떻게 봄을 기다린다고 할 수 있을까?

그러나 결국 마지막 시집까지 읽은 뒤에야 동네에서도 꽃을 볼 수 있으니 그게 바로 이덕무, 유득공, 박제가, 이서구 등이 시를 모아 펴낸 합동 시집인 『사가시선四家詩選』이다. 나는 이 시집을 2000년에 구해서 그간 여러 차례 읽었는데, 한문에는 여전히 익숙하지 않아 그 네 분의 시인들이 고심에

고심을 거듭해서 골랐을 문장을 여태 제대로 즐기지 못하고
있다. 내게 봄은 몇 번이나 남았을까? 이 시집을 몇 번 더 읽
어볼 수 있을까? 내게 소원이 있다면 막힘없이 이 시집을 읽
는 일이다. 「풍경」이란 제목으로 옮겨진 이서구의 시를 덧붙
인다.

곡식 짐 실은 배 사이로 강 물결 일렁이고
어부는 뜸머리에 앉아 원추리 겯고 있네.
갠 강 4월에 복어는 아니 살쪘어라.
버들강아지 흩날려와 물에 둥둥 실려가네.
荳穀船間漾晚汀 蓬頭漁子理新箬
晴江四月河豚瘦 柳絮紛飛半化萍

내일 쓸쓸한 가운데 술에서 깨고 나면

기억이 가물거리지만 무라카미 하루키의 단편소설 중에 장례식장에 가기 위해 친구에게 검은 슈트를 빌리는 사내가 나오는 작품이 있다. 또 슈트를 빌리러 왔는가? 올해는 유난히 사람이 많이 죽는군. 슈트를 빌리러 가서는 꼭 소설에나 나올 것 같은 대화를 친구와 나누면서 시작하는 소설이었다. 소설은 순서에 관계없이 끝까지 지켜봐야만 하는 로또 복권 추첨 방송과는 다르니까 앞부분을 읽으면 계속 읽을지 말지가 결정된다. 그 소설은 계속 읽어야 할 소설이었다. 적어도 누가 죽었는지는 알아야 하니까.

그러고 보니 어느 수필에서는 자신이 가진 슈트라고는 미국에 있을 때 구입한 폴 스튜어트 한 벌뿐이라고 하루키가 쓴 적이 있었다. 글에서는 마치 비상시를 대비해 싸구려 슈트를 하나 장만한 것 같은 어투였지만 그럴 리가. 내 인세로는 착용이 불가능한 옷이긴 한데 내게는 슈트 자체가 없다. 어쨌든 하나뿐인 그 슈트가 장례식에나 어울릴 만한 검은색일 리는 없을 테니까 장례식에 입고 갈 슈트가 없는 것은 하루키나 나나 마찬가지다.

그러다가 2003년 초, 소설가 이문구 선생이 돌아가셨을 때 문득 나는 '이제 검은 슈트 한 벌쯤은 필요한 나이가 됐군'이라고 중얼거렸다. 내뱉고 보니 끔찍한 말이었다. 화가 나서 '난 엄마가 없어졌으면 좋겠어!'라고 외쳤다가 바로 후회가 돼 울고 싶어지는 느낌과 비슷했다. 도대체 무엇을 위한 검은 슈트란 말인가! 왜 검은 슈트 같은 건 친구에게 빌려 입어야만 하는지 그제야 이해가 갔다.

하루키 얘기를 마저 하자면, 『상실의 시대』에는 "죽음은 삶의 대극으로서가 아니라 그 일부로서 존재하고 있다"라는 문장이 나온다. 원서에 이미 다른 부분과 구별돼 있는 것인지 번역본에는 이 문장이 고딕체로 인쇄돼 있다. 그만큼 작가가 강조하고 싶은 문장인 것 같았다. 그래서 책을 읽다 멈추고 생각해보니 그건 맞는 말이었다. 우리 눈에 보이지 않을 뿐, 푸른 하늘에도 별은 떠 있듯 평온한 이 삶의 곳곳에는 죽음이라는 웅덩이가 숨어 있다.

하루를 택해 나는 책상에 앉아 내 삶에는 어떤 죽음들이 숨어 있는지 하나하나 적어봤다. 오래전에 친척들 중 연세 많은 분들이 돌아가셨을 때를 제외하자면 내가 처음 죽음이라는 걸 인식한 것은 문학평론가 김현 선생의 죽음이었다. 그분이 돌아가시고 난 뒤, 멤피스를 어슬렁거리는 엘비스 팬처럼 반포치킨에 가서 치킨 반 마리와 생맥주 한 잔을 마시기는 했지만 살아 계실 때는 일면식도 없었다. 하지만 그때 나는 누가 뭐래도 시인이었다. 그것도 한 시간에 시 한 편씩을

써 내려가던 시인이었다. 내 시를 알아볼 이는 그분뿐이라고 생각하던 어느 날, 대학로 마로니에공원에 앉아 바닥에 굴러다니던 스포츠신문을 읽는데 김현 선생이 죽었다는 기사가 눈에 들어왔다.

'어느 날 저녁, 지친 눈으로 들여다본 석간신문의 한 귀퉁이에서, 거짓말처럼, 아니 환각처럼 읽은 짧은 일단 기사는, 「제망매가」의 슬픈 어조와는 다른 냉랭한 어조로, 한 시인의 죽음을 알게 해주었다. 이럴 수가 있나, 아니, 이건 거짓이거나 환각이라는 게 내 첫 반응이었다"라는, 기형도의 시집 『입 속의 검은 잎』에 부친 김현의 해설 첫 문장은 온전하게 그의 죽음을 향해 돌려줘야만 했다. 선생님, 거기는 어떻습니까? 누런 해가 돋고 흰 달이 뜹니까? 그에게 보여줘야만 했을 수많은 시들은 그렇게 해서 모두 사라졌다.

그다음은 아무래도 김일성인 듯하다. 내 혁명가적 기질을 알아볼 이는 그 사람뿐이라고 생각했기 때문이라고 한다면 뺑이고, 죽든 말든 나와는 아무런 상관도 없을 사람이었다. 그런데 어떻게 된 일이었는지 그의 죽음이 내게도 영향을 미쳤다. 김일성이 죽던 날, 나는 미국 월드컵에 자극받아 선후배들과 축구 시합을 했다. 여름도 한복판이라고 할 수 있을 정도로 무더운 날이었다. 전반전 15분을 뛰고 나니까 구토가 치밀었다. 그날, 내가 속한 팀은 은평구 팀에 8 대 2로 대패했다. 이상한 일이지만, 경기가 끝나고 나자 세계가 조금 변한 것 같았다. 경기를 시작하기 전과 시작한 후가 조금 달라졌다. 하지만 왜 그랬는지는 아직도 잘 모르겠다. 그러니 그건 아무래도 그날 전해 들은 김일성의 죽음 때문이라고 말할 수밖에 없다.

　김광석은 내가 5집을 손꼽아 기다리던 겨울에 죽었다. 그해에 나는 대학을 졸업했다. 취직은 애당초 마음에 두지 않았다. 그렇지 않더라도 이렇게 청춘이 끝나버릴 수는 없는 일이라고 우길 참이었다. 그해 겨울에 나는 김광석이 다음 앨범에서는 모던 포크로 복귀할 것이라고 떠들고 다녔다. 무슨 마음으로 그랬을까? 내 젊음에서 김광석의 노래를 빼고 나면 그 끝을 알 수 없는 침묵만 남을 테니까. 그런 김광석이, 술에 취해서, 그것도 집에서 목을 맸다는 소식을 듣고 나는 울어버렸다. 외로운 그 어느 집 한쪽 구석에서 내 청춘도 그렇게 목을 맨 듯한 느낌이었다. 그러나 청춘은 생각보다 오래갔다.

　아마도 같은 해 봄이었을 것이다. 누군가 내게 전화를 걸어 소설가 김소진 선배가 암으로 죽었으니 문상 가자고 말했다. '절대로 가면 안 돼!'라는 문장이 온몸으로 육박해왔다. 왜 가면 안 되는데? 도무지 말이 안 통하는 그 느낌에 반항하듯 나는 장례식장을 찾아 책날개에 실린 사진을 확대해놓은 영정에 두 번 절한 뒤, 도망치듯 집으로 돌아왔다. 그리고 며칠간 앓았다. 소설이 뭔데? 청춘이 도대체 뭔데? 다 귀찮아졌다. 지긋지긋했다. 남은 평생 소설 같은 건 쓰지 않았으면 좋겠다고 생각했다. 나는 사진관에 가서 증명사진을 찍은 뒤, 문방구에서 이력서 용지를 사와서 여기저기 취직 원서를 냈다. 그리고 양복에 넥타이를 매고 일산에서 장충동까지 매일 왕복 세 시간의, 여행에 가까운 출퇴근을 했다. 버스에 서서 창밖을 내다보노라면 때로 김소진 선배의 영정이 떠올랐다. 겨울 버스, 빼곡히 들어찬 사람들의 입김이 어린 뿌연 유리창 위로 미끄러지는 한 줄기 물방울 흔적 사이로 청춘은 영영 빠져나갔다.

때로 쓸쓸한 가운데 가만히 앉아 옛일을 생각해보면 떨어지는 꽃잎처럼 내 삶에서 사라진 사람들이 하나둘 보인다. 어린 시절이 지나고 옛일이 그리워져 자주 돌아보는 나이가 되면 삶에 여백이 얼마나 많은지 비로소 알게 된다. 그 빈자리들이 그리워질 때면 두보의 시 「뜰 앞의 감국 꽃에 탄식하다歎庭前甘菊花」를 읽을 만하다.

처마 앞 감국의 옮겨 심는 때를 놓쳐

중양절이 되어도 국화의 꽃술을 딸 수가 없네.

내일, 쓸쓸한 가운데 술에서 깨고 나면

나머지 꽃들이 만발한들 무슨 소용이 있으리.

簷前甘菊移時晩　靑蘂重陽不堪摘

明日蕭條盡醉醒　殘花爛漫開何益

　그렇게 내가 사랑했던 이들이 국화꽃 떨어지듯 하나둘 사라져갔다. 꽃이 떨어질 때마다 술을 마시자면 가을 내내 술을 마셔도 모자랄 일이겠지만, 뭇 꽃이 무수히 피어나도 떨어진 그 꽃 하나에 비할 수 없다는 사실은 다음 날 쓸쓸한 가운데 술에서 깨어나면 알게 될 일이다. 가을에는 술을 입 안에 머금고 난 뒤 늘 깊은 숨을 내쉬게 된다. 그 뜨거운 숨결이 이내 서늘한 공기 속으로 스며든다. 그동안 허공 속으로 흩어진 내 숨결들. 그처럼 내 삶의 곳곳에 있는 죽음들. 가끔 그들이 지금은 어디서 무엇을 하는지 궁금해질 때가 있다.

그 사람들은 모두 어디로 간 것일까?

고향은 택시의 미터기가 소용없는 곳이었다. 시내를 벗어나지 않는다면 기본요금으로 그 어디든 갈 수 있을 정도로 작은 도시였다. 나는 가게가 있던 그 거리에서 태어나 고등학교를 졸업할 때까지 살았다. 학기 말이면 반 아이들 이름이 저절로 외워지듯 나는 그 거리의 집들에 어떤 사람들이 사는지 알고 있었다. 그 거리는 한국전쟁이 끝나고 재건된 모습 그대로 변함없이 몇십 년을 이어왔다. 그러다가 1990년대에 접어들면서 바뀌기 시작했다. 작은 가게들이 하나둘 문을 닫고 체인점이나 대리점이 그 자리를 메워 나가기 시작했다.

제과점을 하던 우리 집도 예외는 아니어서 그즈음 점점 손님이 끊어지기 시작했다. 그 세월 동안 나는 자라 청년이 됐는데 가게와 그 거리는 몰락하고 있었던 셈이다. 그 무렵, 커피를 마시며 창밖을 바라보노라면 애잔한 마음이 들었다. 우리 남매는 크라운베이커리나 파리크라상 같은 체인점으로 바꿔야만 가게가 망하지 않을 것이라고 말하곤 했다. 그건 하나 마나 한 얘기였다. 왜냐하면 그럴 만한 돈이 없다는 사실을 잘 알고 있었으니까. 그즈음 창밖을 내다보면 뭔가 지나가는 게 언뜻언뜻 눈에 보였다. 바람이라고 생각하겠지만, 그건 덧없이 흘러가는 세월이었다.

우리 가게 옆집이었던 남경반점이 야래향으로 바뀐 것

도 그즈음의 일이었다. 장제스의 사진과 대만의 풍광을 담은 달력이 걸려 있던 남경반점은 중국인 진씨가 운영하던 중국 음식점이었다. 박정희 정권을 거치며 남한에서 화교로 살아가는 데에는 어려움이 많았는데 남경반점은 꿋꿋이 버텼다. 진씨에게는 아들과 딸, 두 남매가 있었는데 둘 다 대륙 기질이었는지 이목구비가 또렷하고 키가 커서 어딜 가더라도 눈에 띄었다. 그 남매는 나중에 대만 타이베이의 학교로 유학을 떠났다. 한창 남경반점이 잘 될 무렵의 일이다. 하지만 시간이 흐르면서 그 거리의 오래된 가게들처럼 남경반점도 허술해지기 시작했다. 그러니까 남경반점이 사라지는 것도 시간문제로 보였다.

그러던 어느 날, 대만으로 유학 갔던 아들이 돌아왔다. 이미 세상을 떠난 진씨는 대만에 정착시키고 싶었던 아들이 한국으로 다시 돌아오리라고는 예상하지 못했을 것이다. 더구나 타이베이의 대학교까지 졸업한 그 아들이 자기처럼 중국음식점을 하리라고는. 이윽고 남경반점 간판이 내려지고 야래향이라는 네온사인 간판이 올라갔다. 야래향은 그 거리에서 보기 드물게 고급스러운 음식점이었다. 중국풍의 호화스러운 실내 장식에 어울리게 자장면 가격도 다른 중국집의 두 배였다. 내 눈에는 그게 진씨 아들의 오기처럼 보였다. 젊은 시절에 우리가 흔히 고집하는 위태위태한 오기. 하지만 그 거리에 그런 음식점은 어울리지 않았다. 야래향은 구멍이 뚫린 대형 선박처럼 아주 천천히 몰락해갔다. 그 거리에 살았던 사람으로, 그리고 진씨의 아들딸과 이웃으로 지낸 사람으로 그 광경을 지켜보는 일은 무척 괴로웠다. 모든 것이 그 모습대로 영원할 순 없을까?

내가 18세기 조선 화가 최북을 알게 된 것은 1990년대가 저물어갈 무렵이었다. 새천년이 다가온다고 온 세상이 떠들썩하던 때였으니까 고향 거리의, 내가 알던 가게는 대부분 사라진 뒤였다. 그 작은 도시에 이마트 같은 대형 할인점까지 생겼으니 작은 소매상들이 버티는 건 불가능했다. 한때 지물포가, 철물상이, 왕자고무신이 있던 자리를 유명 메이커 대리점이 차지했다. 남경반점이, 또 한때는 야래향이 있던 자리도 모두 부서져 커피숍과 노래방과 옷 가게가 들어섰다. 과연 새천년은 그런 식으로 다가오고 있었다. 손바닥처럼 그 내력을 낱낱이 알던 가게들의 거리가 곤충의 껍질처럼 낯설게 느껴졌다.

최북은 무척 매력적인 인물이었다. 그가 한쪽 눈이 멀게 된 사연은 대단했다. 19세기 사람 조희룡이 쓴 『호산외사壺山外史』를 보면, 한 귀인이 최북에게 그림을 요구했는데 이를 거절했다고 한다. 이에 귀인이 자신을 위협하자, 분노한 최북은 '남이 나를 저버리느니 차라리 내 눈이 나를 저버린다'고 말하며 송곳으로 자기 눈을 찔렀다고 한다.

하지만 그만큼 대단한 화가냐 하면, 그건 좀 미지수다. 같은 시대 사람 단원 김홍도를 칭찬하는 말 가운데 '최북이 취해서 함부로 욕하면서 자기가 최고라고 했던 것과 단원이 어찌 같으리오. 최북은 궁사窮死했고 그림값도 쌌다네'라는 모욕적인 구절이 나올 만큼 그림의 질이 들쭉날쭉했다. 그렇다면 오기다. 자기 손으로 자기 눈을 찌른 것은 오기에 불과했다. 그러나 나는 그 오기가 너무 좋았다. 이를 조희룡은 '北風烈也(북풍열야)', 그러니까 '북풍(최북의 바람)이 매섭기도 하구나'라는 말로 표현하기도 했다.

온갖 수수께끼로 점철된 최북은 마지막까지 그답게 죽었다. 어떤 사람은 그가 서울의 어느 여관에서 죽었고 그게 언제였는지는 알지 못하겠다고 말했고, 또 어떤 사람은 그가 어느 겨울 술에 취해 돌아오다가 잠든 채 폭설에 묻혀 죽었다고 말했다. 이에 신광하는 '君不見崔北雪中死(그대는 보지 못하는가, 최북이 눈 속에서 죽은 것을)'로 시작하는 유명한 「최북가崔北歌」를 썼다.

죽음은 모두 덧없는 것이지만, 그중에서도 기억에 남는

죽음이 있다. 중인으로 평생 궁핍에 시달리며 싸구려 그림을 그려 팔았던 최북의 죽음이 그렇다. 훌륭한 그림은 얼마 남지 않은 대신, 스스로 눈을 찔러 한쪽 눈이 멀고, '최북이 죽을 곳은 이런 절경'이라며 금강산 구룡연에 뛰어들고, 재상댁 자제들에게 '그림을 모른다면 다른 것은 또 무엇을 아느냐'며 소리 지르던 일화만 무성하게 남아 있다. 신광하의 「최북가」는 그런 그를 영생케 만드는 조사弔辭였지만, 어쩌면 이 시의 참뜻은 다음과 같은 구절에 있는 것인지 모른다.

담비 가죽 옷에 백마를 탄 이는 뉘 집 자손이더냐.
너희들은 어찌 그의 죽음을 애도하지 아니하고 득의양양하는가.
貂裘白馬誰家子 汝曹飛揚不憐死

당대에 최북은 위대한 화가가 아니라 실패한 화가였던 것이다. 위의 문장은 최북의 죽음에 전혀 애도를 표하지 않는 사람들을 질책하는 것이니까. 하긴 중인이라는 신분 때문에, 궁핍 때문에 스스로 몰락한 사람이 한둘이겠는가. 그러니 그런 죽음을 두고 조롱한다고 해서 탓할 바는 못 된다. 그렇다면 그 오기는 과연 무엇이었을까? 화가가 자신의 눈을 찌르다니. 왜 어떤 사람들은 스스로 파멸 속으로 뛰어드는 것일까?

　아주 천천히, 야래향이 망한 뒤로 진씨네는 그 거리에서 사라졌다. 떨어져 내리는 은행나무 잎새처럼 뜬소문만이 무성하게 거리를 메웠다. 누군가는 진씨네 딸이 정신병에 걸렸다고 했다. 누군가는 그들이 대만으로 돌아갔다고 했다. 이제는 다른 지방 도시들이나 마찬가지로 천편일률적인 상점이 들어서 오히려 낯설어진 고향 거리를 걸어갈 때면 사라진 이들의 빈자리가 보일 때가 있다. 그 사람들은 모두 어디로 갔을까? 왜 어떤 사람은 죽을 줄 알면서도 오기를 부려 스스로 눈을 찌르고야 마는 것일까? 물어도 대답하는 이는 거기에 없다.

은은 고령 사람인데

　책을 읽다가 문득문득 목이 메어와 책장을 덮는 일은 요 몇 년 새 얻은 버릇이다. 쓸데없는 일에 관심이 많다고 핀잔깨나 듣는 처지고 보니 『조선조 문인졸기』 같은 책을 펼치는 일이 많다. 이 책은 『조선왕조실록』에서 이름난 문인들의 죽음을 다룬 구절만 가려 뽑았다. 세상에 이런 책도 쓸모가 닿는 곳이 있을까 생각했는데, 그 쓸모라는 게 결국 내 가슴을 울리는 일이었나 보다. 성종 때 태어나 연산군 때 죽은 사람 중에 박은이란 분에 대한 글이 눈에 들어왔다.

　은은 고령 사람인데, 어려서부터 총명이 뛰어나 글을 잘 지으며 기억을 잘하고 힘써 배워서 나이 18세에 급제했다. 마음을 정하고 행위를 바로 하여 늘 옛사람과 같기로 스스로 목적했다. 문장에 있어서는 타고난 것이 매우 높고 생각이 샘솟듯 하여 한때의 글 잘하는 선비가 다 스스로 미치지 못한다고 여겼다.

　이 사람의 졸기卒記는 간단하다. '연지시살지, 시년이십육然至是殺之, 時年二十六'. 실록은 왕이 (그 정직함을 미워해) 결국 그를 죽이니 그 나이는 26세 때였다고 간단하게 전한다. 실록이 전하지 않는, 그 열 글자 속에 숨은 스물여섯 살의 회한과 아쉬움과 슬픔을 헤아리는 것은 내 몫이다. 카드 결제

일과 원고 마감일 같은 것을 기억하는 것만으로도 부족해 이런 것까지 마음속에 짊어지고 살아야 하니 여간 고달픈 인생이 아니다.

소설을 쓰다 보면 결국 '然至是殺之, 時年二十六', 이 열 글자를 뛰어넘지 못하는 것은 아닌가 하는 강박관념에 사로잡히게 된다. 살아오면서 꽤나 많은 글자를 써왔지만, 이 열 글자보다 더 절절한 문장을 쓰지는 못한 것 같다. 큰 얘기에만 관심을 두던 이십대가 지나고 나니 삶의 한쪽 귀퉁이에 남은 주름이나 흔적이 보이기 시작한다. 대부분의 사람들은 그런 주름이나 흔적만을 남기고 사라진다. 왜 그런 것인지 머리로는 잘 이해하지만, 마음으로는 아직도 납득하지 못하니 책을 읽다가 문득문득 목이 메는 것이다.

주름이나 흔적은 늦여름 골목길에 떨어진 매미의 죽은 몸처럼 삶이 끝나면 자연스럽게 생기는 여분의 것인데 지난 몇 년간 나는 거기에 너무 마음을 쏟았다. 이젠 알겠다. 역사책의 페이지가 부족해 세세하게 기록하지 않은 게 아니었다. 마음 둘 필요 없는 주름이나 흔적이기 때문이다. 하지만 나는 자꾸만 그런 것들에 마음이 간다. 예컨대 윤치호가 쓴 일기를 읽다 보니 만세 사건으로 온 나라가 떠들썩하던 1919년 9월 12일의 일기가 얼른 눈에 들어왔다.

오후에는 집에 있었다. 3시 20분쯤 예쁘장하게 생긴 여학생이 찾아왔다. 그녀는 조선인민협회 명의의 서한을 내밀면서 조선 독립을 위해 자금을 대달라고 요구했다. 난 나 자신과 내 가족이 위험에 처할 수 있는 만큼 돈을 줄 수가 없다고 말했다. 아울러 독립운동가들이 생명의 위협을 무릅쓰고 조선에 잠입하지 못하면서, 내게는 생명을 담보로 해서 자기들에게 돈을 대라고 요구하는 게 희한한 일이 아닐 수 없다고 솔직하게 말했다. 그녀는 시무룩한 표정으로 서한을 챙겨서 가버렸다.

일기는 여기서 끝나지만, 내 마음은 그 여학생을 따라 윤치호의 집을 나선다. 사라진 나라 대한제국에서 태어났을 그 여학생은 얼마나 실망했을까? 윤치호의 집 앞에다 침이라도 뱉었을까? 아니면 도저히 넘을 수 없는 벽 앞에서 절망했을까? 윤치호의 변명을 듣는 순간, 그 여학생의 가슴속에서 꺼져버렸을 불빛. 나는 그 불빛을 상상하고 그 불빛에 매료되고 그 불빛에 빠져든다.

작년 여름 말복 지나고 처서가 오기 전의 그 일주일 동안, 나는 제주도에 있었다. 서울과 달리 제주도는 여름과 가을 사이의 맑은 날이 계속 이어졌다. 구름의 모양은 바람에 따라, 바다의 빛은 햇살의 각도에 따라 순간순간 바뀌어갔다. 사이에 있는 것들, 쉽게 바뀌는 것들, 덧없이 사라지는 것들이 여전히 내 마음을 잡아끈다. 내게도 꿈이라는 게 몇 개 있다. 그중 하나는 마음을 잡아끄는 그 절실함을 문장으로 옮기는 일. 쓸데없다고 편잔준다 해도 내 쓸모란 바로 거기에 있는 걸 어떡하나.

사공서는 다시 노진경을 만났을까?

소설을 쓰고 나서부터 간혹 "당신에게는 글 쓰는 재능이 있지 않느냐"고 말하는 사람이 있어 놀랄 때가 있다. 언젠가 기타리스트인 이병우 씨를 만났을 때의 일이었다. 열다섯 살 무렵부터 클래식기타를 연습해왔으나 내 기타 실력은 아직도 악보를 보고 겨우 음을 짚어나가는 수준에 불과하다. 그래서 어떻게 하면 기타를 그렇게 잘 칠 수 있느냐고 물었더니 이병우 씨가 내게 되물었다. 당신은 어떻게 해서 소설을 그렇게 잘 쓰게 됐느냐고. 잘 쓰게 되다니, 라는 생각은 전혀 하지도 못한 채, 나는 "글쎄요"라고 대답했다. "아무래도 시간이 많아서." 그러자 이병우 씨가 말했다. "저도 마찬가지예요."

이병우 씨야 나를 위로하는 마음에서 시간이 남아돌아 기타를 잘 치게 됐다고 얘기했겠지만, 나는 진짜 글 쓰는 재능이 풍부했다기보다는 시간이 너무 많았다. 상대적으로 짧은 군복무를 마치고 대학에 복학하니 아는 친구들이 거의 없어 심심했다. 게다가 별다른 목표도 없었다. 취직은 애당초 염두에 두지 않았고, 그렇다고 딱히 소설가가 되겠다는 포부도 없었다. 일주일에 몇 시간 되지 않는 학교 수업을 마치고 나면 할 일이 없었다. 손닿는 곳에 있는 것이라고는 그저 낡은 286컴퓨터뿐이었다.

정릉 산꼭대기에 있던 자취방은 책받침만 한 들창으로

보이는 교회의 십자가를 제외하면 아무런 풍경도 가지지 못한, 가난한 곳이었다. 찾아오는 사람도 없는 그곳에서 나는 한국어 멘트가 나오지 않는 미군방송을 하루 종일 틀어놓고 자판을 두들기며 소설을 썼다. 왜 시간을 보내는 다양한 방법이 있지 않은가? 입대하기 전에는 하루가 너무 길어 성북동에서 압구정동까지 걸어갔다가 해가 저문 뒤 다시 버스를 타고 돌아온 적도 있었다. 방위병 시절에는 퇴근해 집에 돌아와 토마스 만의 『마의 산』을 컴퓨터에다 하염없이 입력한 적도 있었다. 내가 뭔가를 쓰게 됐다면 그와 비슷한 이유 때문이었다. 결론적으로 말해, 이십대 초반의 나는 시간의 흐름을 견딜 만큼 강한 몸을 지니지 못했다. 그런다고 왜 이렇게 되는 것인지는 알 수 없지만, 어쨌든 바로 그런 이유로 나는 소설가가 됐다.

그의 문장이나 외모와 비교할 수는 없지만, 어떤 점에서 마루야마 겐지와 나는 비슷하다. 마루야마 겐지가 소설을 쓰겠다고 결심한 것은 스물두 살 때의 일이다. 통신사로 취직한 회사가 인수합병당하는 심각한 상황에 빠졌다. 그 결과는 700명에 달하는 사원의 해고였다. 당연히 상사니 부하니 하는 구분도 없어지고 저마다 조금이라도 자기 몫을 더 챙기기 위해 싸우는 판국이었다. 마루야마가 회사에서 소설을 쓰기 시작한 것은 이때부터다.

회사에서 소설을 쓰면 좋은 점은? 역시 회사 책상에 앉아 회사 노트에다가 회사 볼펜으로 소설을 쓸 수 있으며, 완성한 뒤에는 회사 봉투에 넣어 회사 비용으로 문학잡지사에 투고할 수 있다는 점이겠다. 그저 상상할 뿐이지만, 마루야마 겐지가 불안감이 감도는 회사 책상에 앉아 난생처음으로 소설을 쓰는 광경은 애잔하기만 하다. 이건 고시 공부하듯이 절에 들어가 소설을 쓰는 차원과는 사뭇 다르다. 이런 식의 소설 쓰기는 왜 쓰는가라는 질문 자체를 거부한다.

어떤 사람이 소설을 쓰게 되는 데는 여러 가지 이유가 있다. 예컨대 기호학자였던 움베르토 에코는 "너는 중세에 대해서도 잘 알고 추리소설에 대해서도 잘 아니 중세를 다루는 추리소설을 한번 써보라"는 여자 친구들의, 삼단논법에 가까운 권유에 넘어가 거의 쉰 살이 가까워『장미의 이름』을 썼다. 이건 좋은 여자 친구를 뒀을 때 가능한 얘기니까, 쉰 살이 가까워지더라도 여자 친구는 있어야 한다는 교훈을 준다.

S. S. 밴 다인이라는 추리소설가는 이보다 더 오만할 수 있느냐고 묻는 것처럼 소설을 쓰기 시작했다. 우리나라에서는 애거사 크리스티나 엘러리 퀸만큼 잘 알려진 작가는 아니지만, 미국의 뉴에이지 추리소설에서는 빼놓을 수 없는 인물

이다. 이 사람의 추리소설에는 파이로 번즈라는 탐정이 등장한다. 소설이 시작할 때면 으레 이 파이로 번즈가 나와서는 중국 도자기가 어떻네, 그림이 어떻네 하는 장면이 나온다. 유례가 없을 정도로 예술 취미가 상당한 탐정이다.

파이로 번즈가 중국 도자기에 대해 그렇게 잘 아는 까닭은 작가인 밴 다인이 미술에 대해 일가견이 있기 때문이었다. 그는 원래 신문사에서 문학과 미술 비평을 하던 사람이었다. 〈로스앤젤레스 타임스〉에도 근무한 적이 있었는데, 어느 날인가는 그만 두통이 심해서 조퇴를 해버렸다. 그런데 바로 그날 맥나마라단이라는 단체가 신문사 건물에서 다이너마이트를 폭파시켜 여럿이 죽거나 다쳤다. 말하자면 병이 되레 그를 살린 셈인데, 이 사람이 추리소설가가 된 것도 따지고 보면 병 덕분이었다.

머릿속이 얼마나 깐깐하고 복잡했던지 결국 신경쇠약에 걸려 요양해야만 했다고 한다. 이때 의사가 예전에 읽던 심각한 책은 읽지 못하게 하는 통에 병상에 누워 가볍게 읽을 만한 책으로 추리소설을 읽기 시작해 2천 권을 독파했다. 그러고 나서 밴 다인이 뭐라고 외쳤던가? 2천 권의 추리소설에는 도합 2천 명의 범인이 나온다, 라고 외쳤다고 생각한다면 그건 밴 다인의 복잡한 머릿속을 상당히 무시하는 일이다.

그는 "현재 생존해 있는 사람으로서 나만큼 많은 추리소설을 읽고, 나만큼 기술적, 문예적, 그리고 진화적 입장에서 추리소설을 주의 깊게 연구한 사람은 없다"고 소리쳤다. 뭐, 그렇게까지 말할 필요가 있나 싶지만, 2천 권에 달하는 추리소설을 읽은 뒤 병상에 누워 구상한 소설 세 권이 모두 베스트셀러가 됐을 뿐만 아니라 추리소설의 고전으로 남았으니 그 정도 오만함은 견디는 수밖에 없다.

밴 다인이야 자기 소설이 베스트셀러가 되리라는 확신이 있었겠지만, 돌을 굴리는 시시포스처럼 이것은 나만의 일이니 나중에야 어떻게 되든 모르겠다는 식으로 소설을 써나간 사람도 있다. 인도 영화 〈밴디트 퀸〉의 시나리오를 썼던 아룬다티 로이는 그 시나리오의 내용 때문에 법정까지 가는 곤란을 겪고 난 뒤에야 자기만의 글을 쓰고 싶다고 생각했다. 그로부터 5년 동안 로이는 가정주부의 역할을 충실히 수행하면서 매일 지극히 짧은 문장을 이어나갔다. 썼다가 다시 고치는 문장이 아니라 적게 쓰더라도 매일 이어지는 문장이었다. 그렇게 5년이 지나자 소설 한 권이 완성됐다. 바로 로이를 국제적인 작가로 만든 『작은 것들의 신』이다. 로이는 이소설 한 권으로 영국 최고의 문학상인 '부커상'을 수상하고 전 세계 22개국에서 번역되는 큰 행운을 누렸지만, 인터뷰에서 자신만을 위해 쓴 소설이라는 신념을 굽히지 않았다.

현실적인 동기에서 시작된 케이스를 찾는다면,『해리 포터』시리즈를 쓴 조앤 K. 롤링을 들 수 있다. 롤링이 이혼한 뒤 연금을 받는 것 외에는 돈을 구할 방법이 없어서 어린 딸을 옆에 누여놓고 식탁에서『해리 포터』시리즈를 쓰기 시작했다는 사실은 이제 유명한 일화다. 롤링의 선배 격이라면 판타지 소설의 창시자 J.R.R. 톨킨이 있다. 이 사람은 움베르토 에코가 유명한 기호학자였던 것처럼 유명한 언어학자였다. 그런 그가 엄청난 판타지의 세계인『반지의 제왕』을 쓰게 된 것은 자신의 네 아이들 때문이었다.

애기인즉슨 아이들에게 들려줄 만한 동화책을 찾다가 아예 자기가 동화를 만들어 읽어주는 단계까지 이른 것이다. 그러다가 그 이야기를 책으로 출판했는데, 엄청난 반응이 쏟아진 것이다. 그래서 출판사에서 속편을 원하자 '그렇다면 어디 한번'이라는 심정으로 쓴 책이 그만『반지의 제왕』이라는 어마어마한 상상력의 세계가 된 것이다. '그렇다면 어디 한번'이 통하자면, 역시 30년이 넘는 연구에 박사학위 정도는 필요하다.

오만한 밴 다인이나 똑똑한 에코와 톨킨은 그렇다 치고, 누군가 어느 날 갑자기 소설을 쓰기로 결심하고 카페 한쪽 구석에 앉아 글을 써 내려가는 장면을 상상하면 어쩐지 애잔한 마음이 든다. 누군가 그런 소설을 가리켜 '키친 테이블 픽션'이라고 말했다고 한다. 식탁에 앉아 쓰는 소설이라는 뜻일 텐데, 전문적인 소설가가 아니라 일반인의 처지에서 쓴 소설이 크게 인정받았을 때 붙이는 이름인 듯하다.

키친 테이블 픽션이라는 게 있다면, 세상의 모든 키친 테이블 픽션은 애잔하기 그지없다. 어떤 경우에도 그 소설은 전적으로 자신을 위해 쓰이는 소설이기 때문이다. 스탠드를 밝히고 노트를 꺼내 뭔가를 끄적여나간다고 해서 변하는 것은 아무것도 없다. 그런데도 어떤 사람들은 직장에서 돌아와 쉬지 않고 뭔가를 끄적인다. 그리고 이상한 일이지만 그렇게 끄적이는 동안, 스스로 치유받는다. 그렇게 해서 쓰인 그들의 작품에 열광한 수많은 독자들에게는 미안한 일이지만, 키친 테이블 픽션이 실제로 하는 일은 그 글을 쓰는 사람을 치유하는 일이다.

그건 그렇고, 그렇다면 나는 치유받았을까? 글쎄, 그 지루했던 봄과 여름을 별다른 고민이나 사건 없이 보낸 것만은 사실이다. 또한 그때 쓴 소설이 나를 소설가로 만들어준 것도 사실이다. 소설가가 된 뒤, 마루야마 겐지에게는 어떤 변화가 있었을까? 회사에서 쓴 소설 『여름의 흐름』으로 '아쿠

타가와상'을 수상한 뒤, 문예춘추사를 찾아간 마루야마는 수상자가 두 명이란 사실을 알고는 실망했다. 수상자가 둘이면 상금도 절반으로 줄어들 것이라고 생각했기 때문이었다. 공동 수상자의 옆얼굴을 바라보면서 그는 '나 같은 인간이 소설을 쓴다는 것은 애당초 잘못된 일이 아닌가'라고 생각했다. 하지만 다행히도 상금은 똑같이 나왔다. 마루야마는 그 상금으로 빚을 갚고 회사로 돌아가 늦게까지 야근했다. 그리고 집에 돌아와서는 한 작품쯤 더 써도 상관없지 않겠느냐고 생각했다.

지루한 봄과 여름을 견디느라 쓴 소설로 나 역시 큰 상금을 받게 됐다. 뭐, 첫 소설로 엄청난 인세를 벌어들인 톨킨, 롤링, 에코, 로이 등에 비할 바는 아니었지만 주머니에는 1800만 원짜리 수표가 들어 있었다. 양재에서 안국동까지 지하철을 타고 가는 동안, 주머니 속의 수표가 여간 신경 쓰이지 않았다. 모든 것이 새로운 경험이었다. 1800만 원짜리 수표를 주머니에 넣고 지하철을 타거나 길을 걸어갈 일은 앞으로도 일어나지 않을 것이다.

지하철 빈 좌석에 앉아 닳아빠진 신발을 보면서 우선 근사한 구두부터 하나 사야겠다고 생각했다. 아니야, 일단은 맥줏집에 가서 생맥주를 한 잔 마시는 거야. 글쎄, 그것보다

는 오래전부터 봐온 레드 제플린 전집을 사는 게 어때? 이런
저런 생각이 머릿속을 가득 메웠다. 그러다가 문득 고개를
들었는데, 눈앞이 캄캄해졌다. 맙소사, 그건 오직 나만을 위
해 쓴 소설이란 말이야. 그런데 이제는 돈을 내고 책을 구입
하는 사람을 위해서 글을 써야만 하는 처지가 됐다니.

당나라 시인 사공서는 친구인 노진경과 헤어지면서 다
음과 같은 시를 썼다.

앞으로도 만날 기회 있음을 알지만,
이 밤에 헤어지기는 참으로 힘들다.
옛 친구가 권하는 이 술잔이
뱃길을 막는 돌개바람만 못하랴.
知有前期在　難分此夜中
無將故人酒　不及石尤風

사공서는 다시 노진경을 만났을까? 나는 두 번 다시 키
친 테이블 픽션 같은 것은 쓰지 못했다. 세상의 모든 키친 테
이블 픽션이, 그리고 그런 소설을 쓰는 사람이 애잔한 까닭
은 첫사랑을 닮았기 때문이다. 흑인 가수 빌리 홀리데이는

〈Come Rain or Come Shine〉에서 "예전에 누구도 당신을 사랑하지 않은 것처럼 당신을 사랑할 테야"라고 노래하지만, 그게 어디 쉬운 일인가? 누구보다도 빌리 자신이 잘 알고 있으니 그토록 구슬프게 노래하는 게 아니겠는가? 성공하든 성공하지 못하든, 세상의 모든 키친 테이블 픽션이 애잔한 까닭은 그 때문이다.

Ten Days of Happiness

성실한 직장인이었던 시절의 일이다. 아침에 출근하느라 지하철을 탈 때면 나는 늘 경이로움을 느꼈다. 세상에는 일자리가 얼마나 많기에 이처럼 많은 사람들이 매일 같은 시간에 출근할 수 있단 말인가! 숙취로 어떤 생각도 하고 싶지 않은 날도 있었지만, 3년 가까이 나는 그런 경이로움을 잃지 않았다. 그 3년 동안 나는 세상에는 이다지도 많은 직업이 있는데, 다른 일도 아니고 왜 하필이면 글을 쓰려고 했을까 하는 생각을 많이 했다. 회사에 다니느라 소설을 거의 쓰지 않을 때라 그런 고민을 했던 것 같다.

하고 싶은 일은 정말 많았다. 수학만이 최고의 언어라고 믿었던 시절에는 천문학자가 되고 싶었다. 나는 빅뱅이 일어난 뒤 몇 분 동안 일어난 일들에 대해 공부하고 싶었다. 우주가 만들어진 원인을 알아내면 내가 왜 태어났는지도 알 수 있을 것 같았다. 그런 욕망 이면에는 기타리스트의 꿈이 짝패처럼 숨어 있었다. 같은 얘기다. 그 시절, 나는 구구절절 풀어놓는 서사가 싫었다. 숫자나 음표라면 외계인과도 대화를 나눌 수 있다고 생각했다. 그러다가 대학에 입학할 무렵에는 그만 택시 운전사가 되고 싶었다. 내 적성에서 크게 벗어나는 얘기는 아니다. 나는 지도를 힐끔 들여다보는 것만으로 내가 서 있는 장소의 속성을 파악해내는 천부적인 재능을 지니고 있었다. 모두 내 적성에 맞는 일이었음에도 결국 나는 글 쓰는 사람이 됐다. 이 지경에 이르고 나면 '왜 문학을 하는 가?'라는 질문에 '그건 운명입니다'라는, 할인마트에서 떨이로 팔면 딱 좋을 대답을 할 수밖에 없다.

하지만 양자리인 나는 운명을 잘 믿지 않는 운명을 타고났다. 무려 3년 동안이나 내가 '나는 왜 글을 쓰려고 했을까?'라는 질문을 던진 까닭은 그 때문이었다. 운명 때문에 글을 쓴다는 건, 내게 이집트에서 채찍을 맞아가며 노예로 일하는 유대인들을 떠올리게 한다. 왠지 운명 때문에 글을 쓰는 사람은 모세처럼 수염을 길게 기른 재벌 3세가 나타나 "너, 지금 뭐하니? 노후대책은 세우고 사냐?"라고 말하며 함께 일하자고 들면 당장이라도 따라나설 것 같다. 적어도 운명 때문에 글을 쓴다고 말하고 싶지는 않았다. 그건 노예들에게나 어울리는 말 같았다. 운명이 아니라면, 무엇 때문일까? 그리고 나니 할 말이 없었다. 진짜 할 말이 없었다.

그래서 대단히 유치한 대답부터 시작했다. 첫 번째 돈을 벌기 위해서. 대학교 때, 지나가는 행인의 숫자를 헤아리는 아르바이트부터 시작해 그간 나는 돈을 벌기 위해 수많은 일들을 해봤다. 한 번은 불법 출판되는 일본 만화를 윤문하는 일을 한 적도 있었다. 한 권을 윤문하면 2만 원을 받았다.

그리 큰 액수는 아니었지만 걸리는 시간은 20분에 불과하니 마음만 먹으면 짧은 시간에 꽤 많은 돈을 벌 수 있었다. 문학은? 거기에조차 비할 바가 못 된다. 글을 쓰는 일은 금전으로 환산할 수 없을 정도로 고귀하거나, 혹은 노력의 대가를 가급적 인정하지 않으려는 사람들을 상대해야만 하는 일이었다. 그래서 이 대답은 틀렸다.

그다음에는 명예를 위해서. 등단했다고 금배지를 달아주는 것도 아닌 바에야 문학인의 명예라는 건 불멸과 관련한 것이다. 내가 죽고 난 뒤에도 내 작품이 영원히 남아 사람들에게 읽히는 것. 그런데 이건 내 자족적인 성격과 어울리지 않는다. 나는 나만을 위해 뭔가를 긁적이다가 글을 쓰는 사람이 됐다. 글 쓰는 일이 영화감독처럼 다른 스태프와 함께 일해야만 하는 직업이었다면 나는 퍼즐 왕이나 등대지기 쪽을 알아봤을 것이다. 그러니 남들에게 내세울 만한 명예 같은 건 별로 부럽지 않다.

또한 지금은 하는 수 없다며 체념하는 처지가 됐지만, 내가 죽은 뒤에 누군가가 내 삶을 추적하고 짐작하는 일 같은 건 감수하고 싶은 마음이 없다. 내가 죽고 나면 나라는 존재와 이를 둘러싼 모든 기억이 깨끗하게 사라져버리기를, 누구도 나를 기억하지 않기를 진심으로 원했다. 죽기 전에나, 죽은 뒤에나 나는 주목받는 일에는 익숙해질 인간형이 아니니까. 그렇기 때문에 명예를 위해서, 불멸을 위해서 글을 쓰려고 한 것은 아니었다. 곰곰이 따져보면 돈이나 명예 따위는 글을 쓰다 보면 부수적으로 따라올 수 있는 것이지, 그것을 목표로 글을 쓸 수는 없다는 걸 알게 된다.

그렇다면 왜 쓰는가? 사회를 개선시키기 위해? 문학을 쇄신하기 위해? 인류를 사랑하기 위해? 아니다. 아니다. 아니다. 질문과 부정은 이어졌지만, 해답은 어디에도 없었다. 그리고 1999년쯤이었다. 나는 내게 돈도 명예도 가져다주지 않을 것이며, 그렇다고 해서 사회나 문학을 쇄신하는 사상이 담기지도 않을 게 분명한 장편소설을 쓰고 있었다. 퇴근한 뒤, 밤 11시부터 새벽 2시까지 매일 써 내려갔다.

그렇게 한 달 정도 썼을 때였다. 컴퓨터를 바라보다가 고개를 들었더니 거기 창밖으로 밤하늘이 보였다. 문득, 고독해졌다. '나는 지금 소설을 쓰고 있다.' 오직 그 문장에만 해당하는 일을 나는 하고 있었다. 그 소설이 어떤 평가를 받을지, 그 소설로 인해 내 삶에는 어떤 변화가 있을지, 그런 생각은 조금도 들지 않았다. 그저 '나는 지금 소설을 쓰고 있다' 그 문장뿐이었다. 그리고 그때까지 살아오면서 받았던 모든 상처가 치유됐다. 파스칼의 회심回心과 같은 대단한 일이 일어난 것은 아니었다. 다만 '나는 지금 소설을 쓰고 있다'라는 문장에 해당하는 행위가 어떤 것인지 단숨에 깨달으면서 파스칼이 느낀 지복과 비슷한 감정을 잠시 느꼈던 것이다.

아무리 세월이 흘러도 그때 바라본 밤하늘을, 그때 느꼈던 따뜻한 고독을 잊지는 못할 것이다. 우리는 왜 살아가는가? 왜 누군가를 사랑하는가? 그건 우리가 살면서, 또 사랑하면서 결코 잊을 수 없는 일들을 경험했기 때문이다. 모세를 닮은 재벌 3세가 억만금을 준다고 해도, 내 이름을 새긴 기념비를 남산 꼭대기에 세워준다고 해도 나는 그 일들과 맞바꾸지 않을 것이다. 때로 너무나 행복하므로, 그 일들을 잊을 수 없으므로 우리는 살아가고 누군가를 사랑하는 것이다. 마찬가지 이유로, 나는 때로 너무나 행복하므로 문학을 한다. 그 정도면 인간은 충분히 살아가고 사랑하고 글을 쓸 수 있다.

나는 대체로 다른 사람들에게는 큰 관심이 없다. 내가 꼭 하지 않더라도 다른 사람들이 충분히 할 수 있는 일에도 흥미가 없다. 내가 해야만 하는 일들만이 내 마음을 잡아끈다. 조금만 지루하거나 힘들어도 '왜 내가 이 일을 해야만 하는가?'는 의문이 솟구치는 일에는 애당초 몰두하고 싶은 생각이 없다. 완전히 소진되고 나서도 조금 더 소진될 수 있는 일을 하고 싶었다. 내가 누구인지 증명해주는 일, 나를 행복하게 만드는 일, 견디면서 동시에 누릴 수 있는 일. 그런 일을 하고 싶었다.

청나라 사람 장조는 이런 글을 남겼다.

꽃에 나비가 없을 수 없고, 산에 샘이 없어서는 안 된다. 돌에는 이끼가 있어야 제격이고, 물에는 물풀이 없을 수 없다. 교목엔 덩굴이 없어서는 안 되고, 사람은 벽이 없어서는 안 된다.

花不可以無蝶, 山不可以無泉, 石不可以無苔, 水不可以無藻, 喬木不可以無藤蘿, 人不可以無癖.

'벽'이란 병이 될 정도로 어떤 대상에 빠져 사는 것. 그게 사람이 마땅히 할 일이라면 내가 문학을 하는 이유 역시 사람답게 살기 위해서다. 그러므로 글을 쓸 때, 나는 가장 잘 산다. 힘들고 어렵고 지칠수록 마음은 점점 더 행복해진다. 새로운 소설을 시작할 때마다 '이번에는 과연 내가 어디까지 견딜 수 있을까?' 궁금해진다. 나는 세상을 살아가기에 여러모로 문제가 많은 인간이다. 힘든 일을 견디지 못하고 싫은 마음을 얼굴에 표시 내는 종류의 인간이다. 하지만 글을 쓸 때, 나는 한없이 견딜 수 있다. 매번 더 이상 할 수 없다고 두 손을 들 때까지 글을 쓰고 난 뒤에도 한 번 더 고쳐본다. 나는 왜 문학을 하는가? 그때 내 존재는 가장 빛나기 때문이다.

영혼을 팔아치울 정도로 괴로운 일이었다면, 그래서 견디지 못하고 그 괴로움을 다른 사람들에게 전가할 지경이었다면, 나는 문학을 하지 않았을 것이다. 나를 완전히 던지는 일을 통해 행복을 얻을 수 있는 다른 일을 찾아 나섰을 것이다. 나는 운명도, 운도 믿지 않는다. 믿는 것은 오직 내 몸과 마음의 상태일 뿐이다. 인간이란 할 수 없는 일은 할 수 없고 할 수 있는 일은 할 수 있는 존재다. 나는 완전히 소진될 때까지 글을 쓸 수 있다. 이건 내가 할 수 있는 일이다. 1968년 프랑스에서 학생운동이 극에 달했던 시절, 바리케이드 안쪽에 씌어진 여러 낙서 중에 'Ten Days of Happiness'라는 글귀가 있었다고 한다. 열흘 동안의 행복. 그 정도면 충분하다. 문학을 하는 이유로도, 살아가거나 사랑하는 이유로도.

아는가, 무엇을 보지 못하는지

정말이지 대학을 졸업하고도 그렇게 할 일이 없을 줄은 몰랐다. 열심히 입사 시험을 준비해도 모자랄 판에 그런 꿈은커녕 취직은 안 하겠다고 마음먹은 탓도 있었겠지만, 막상 할 일이 없으니 난감하긴 했다. 남들 다 하듯이 도서관에 반납 기한을 넘긴 책을 돌려준 뒤, 어머니 머리에 학사모 씌워주고 학교 앞 식당에서 가족들과 고기를 먹고 나니 그걸로 졸업이었다. 나는 말로만 듣던 사회인이 된 것이다. 사회인. 이 말은 이제부터 다른 사람들과 어울려 살아야만 한다는 사실을 뜻했다. 1995년 여름의 일이었다. 그러나 여전히 나는 사람들과 어울리는 데 서툴렀다.

그렇게 한 반년을 책이나 읽으며 빈둥거렸을까. 어느 날, 삼청동 감사원 앞 언덕길을 넘어 가회동 쪽으로 내려오다가 옛집 담 너머로 봄꽃들이 피어난 모습을 보는데 왠지 눈물이 날 것 같았다. 봄꽃은 제 몸을 밝혀 내게 저처럼 환한 빛을 던져주는데, 나는 세상 그 어느 곳에도 어울리지 않는 사람이 된 것이다. 미국의 작가 랠프 엘리슨의 『보이지 않는 인간』에는 주위의 누구도 관심을 가지지 않아 자신을 투명 인간으로 여기는 주인공이 등장하는데, 내가 바로 그 꼴이었다.

그즈음의 일일 것이다. 뒷산에 올라갔다가 가느다란 줄

기에 보랏빛 꽃을 내건 제비꽃을 보게 됐다. 무슨 마음에서인지 그 꽃을 키워보고 싶었다. 그래서 화원에 가서 모종삽과 고동색 화분을 사서는 소풍 가는 아이처럼 챙 두른 모자를 쓰고 제비꽃이 있는 뒷동산으로 올라갔다. 오후의 해가 뉘엿뉘엿 떨어지는 동안, 나는 모종삽으로 제비꽃 뿌리를 들어냈다.

'바위처럼 살아가보자. 모진 비바람이 몰아친대도. 어떤 유혹의 손길에도 흔들림 없는 바위처럼 살자꾸나.°' 그런 노래가 저절로 입에서 흘러나왔다. 가사가 어찌나 힘을 주던지. 우울하던 내 마음도 제비꽃 따라 예쁜 화분으로 옮겨간 것 같았다. 이제부턴 좋은 일만 있을 거야. 그렇게 비스듬하게 굽은 제비꽃 줄기를 바라보는 동안, 해는 저물었다. 아차차, 새로 산 모종삽을 제비꽃이 있던 자리 근처에 꽂아두고 왔다는 것도 그제야 알았지만, 아무려면 어떠냐는 생각이 들었다.

그다음 날 오후였던가. 제비꽃 줄기는 점점 기울어지더니 결국 쓰러져버렸다. 제비꽃이 죽어가는 동안, 대학까지 졸업한 내가 모르는 게 너무나 많다는 생각이 들며 부끄러웠다. 어떤 힘이 있어 제비꽃의 가느다란 줄기를 꼿꼿하게 세

○　꽃다지의 〈바위처럼〉 중에서.

우는 것인지도 나는 모르고 있었다. 어떤 힘이 있어 나는 살아가고 있는 것일까? 나는 지금 어디에 있는 것일까? 그날 밤, 잠자리에 누웠는데 뒷산에 꽂아두고 온 모종삽이 자꾸 떠올랐다. 어둠 속에서 비스듬하게 꽂혀 있을 모종삽. 그 모종삽처럼 살아오는 동안, 내가 어딘가에 비스듬하게 꽂아두고 온 것들. 원래 나를 살아가게 만들었던 것들. 그런 것들이 자꾸 떠올랐다.

할 일이 많지 않았으므로 나는 뒹굴뒹굴 책을 읽으며 하루를 보냈다. 손에 잡히는 대로 책을 읽었다. 그러다 보면 하루가 저물었다. 아무리 천천히 읽어도 시간은 언제나 남았다. 느릿느릿, 여러 권의 책을 읽고 난 뒤에도 창밖을 보면 아직 해가 저물지 않았다. 그 당시에도 신기했고 지금도 신기하다. 세월이야 흐르지 않아도 좋다는 생각으로 그렇게 책만 읽었다.

그 시를 읽은 것도 그즈음의 일이다. 가슴 한쪽이 쿵 내려앉는 듯한 느낌이 들었다. 간담이 서늘하다는 표현은 바로 그런 경우에 쓰는 것이리라.

그대는 보지 못하는가.
황하의 물이 하늘에서 내려와

흘러서 바다로 가서는 다시 돌아오지 못하는 것을.

그대는 보지 못하는가.

높다란 마루에서 거울을 보고 백발을 슬퍼하는 것을.

아침에 푸른 실 같던 머리가 저녁에 눈처럼 된 것을.

君不見　黃河之水天上來　奔流到海不復回

君不見　高堂明鏡悲白髮　朝如靑絲暮成雪

고등학교 다닐 때, 참고서 『한샘국어』에도 나왔던 이백의 너무나 유명한 시 「장진주將進酒」였다. 하지만 이상하기도 하지, 고등학생 시절에는 이 시를 읽으면서 한 번도 그런 서늘한 느낌을 받은 적이 없었다. 얼마나 서늘했냐 하면 정신이 번쩍 드는 것과 동시에 눈앞이 캄캄해졌다. 다시 말하자면 눈앞이 캄캄하다는 사실을 그제야 바로 보게 된 것이다. '君不見(군불견)' 이 세 글자에 나는 그만 눈이 트이고 말았다.

강원도 삼척은 너무나 큰 고장으로 내 기억에 남았다. 아무리 자전거 페달을 밟아도, 아무리 벗어나려고 해도 삼척이었다. 서울에서 부친 자전거를 동해역 소화물 센터에서 찾아 달리기를 한나절, 그때까지도 나는 삼척을 벗어나지 못하고 있었다. 아무래도 그날 안에 삼척을 벗어나기는 어렵겠다는 생각이 들었다. 그러니까 1996년 여름, 나는 '대관령 동쪽 지방'이라는 뜻의 관동 지역을 자전거로 여행하고 있었다.

하루를 꼬박 달려 곳곳에 올림픽 상징물을 세워놓거나 그려놓은 황영조 마을이라는 곳에 이르렀다. 소읍인 황영조 마을에는 손바닥만큼이나 작은 해변이 있었다. 사람들이 찾을 만한 해변은 아니었지만, 황영조가 자란 동리라고 하니 7번 국도를 지나다 보면 한 번쯤 눈길이 가는 곳이었다. 나는 거기 황영조 마을이 있는 걸 알고 찾아간 게 아니라 해가 저물 때까지 자전거를 타고 가보니 거기였다. 자전거를 세워두고 손바닥만 한 해변에 나 하나 누울 만한 텐트를 설치했다. 밥을 지어 먹고 해변에 놀러 온 사람들이 떠드는 소리를 들으며 잠이 들었다. 원래 나는 늦도록 잠들지 못하는 사람이었는데, 그때는 잠이 쏟아졌다. 자전거 여행이 주는 가장 좋은 선물이었다. 그러다가 파도 소리에 잠에서 깼다. 여전히 들리는 목소리도 있었지만, 주위는 한결 조용해졌다. 텐트 밖으로 나가니 공기가 싸늘했다. 바닷가로 가 내게로 다가왔다가 멀어지는 파도를 바라봤다. 나는 왜 거기까지 가야만 했을까? 나는 무엇을 보고 무엇을 보지 못하는 것일까?

내가 7번 국도를 여행하겠다고 마음먹은 건 우연히 지도를 보다가 7번 국도가 동해안을 따라 이어진 길이라는 사실을 알면서부터다. 내게는 자동차가 없으니 자전거로 여행하 겠다고 생각했다. 강원도 쪽 7번 국도는 좁은 왕복 2차선 도 로라 자전거 여행이 위험할 수 있다는 사실을 나는 몰랐다. 당장 컴퓨터 통신에 접속해 중고 자전거를 내놓은 학생을 찾 아냈고 바로 그가 살던 면목동으로 가 자전거를 구입한 뒤, 청량리역에서 동해역으로 부쳐버렸다. 왜 그렇게 서둘렀을 까? 아마도 그때 당장 가지 않으면 영원히 7번 국도를 자전 거로 여행하는 일은 없을 것 같다는 조바심 때문이었을 것이 다. 내 귓전을 울리는 '君不見' 그 세 글자에 홀려 나도 뭔가 를 보고 싶었다.

그리하여 나는 무엇을 봤을까? 황영조 마을까지 가는 동안, 나는 바닷바람에 온몸으로 맞서는 송림과 마당에 던져 진 호스처럼 해안을 따라 늘어진 7번 국도와 산 너머 어딘가 에 있을 마을을 향해 치달리는 송전탑의 행렬과 혼을 빼놓으 면서 지나가는 화물차의 배기구에서 뿜어져 나오는 검은 매 연과 나뭇가지 사이로 비치던 오후의 햇살을 봤다. 그리고 또 무엇을 봤을까? 그날 저녁 나는 동해의 하늘 높이 떠오른 뭇별들을 봤다. 뿌려진 보석처럼 검은 하늘에 수없이 많은 별들이 박혀 있었다.

‘君不見’으로 시작한 이백의 「장진주」는 다음과 같은 구절로 이어진다.

하늘이 나 같은 재주를 냈다면 반드시 쓸 곳이 있으리라.
천 냥 돈은 다 써버려도 다시 생기는 것을.
양을 삶고 소를 잡아서 우선 즐기자.
한꺼번에 삼백 잔은 마셔야 된다.
天生我材必有用　千金散盡還復來
烹羊宰牛且爲樂　會須一飮三百盃

‘天生我材必有用’ 제비꽃을 바라보며 한없이 빈둥거리던 그해 봄여름, 나는 이 구절을 입에 달고 지냈다. 기분이 좋아지면, ‘會須一飮三百盃’라고 말하면서 나보다 할 일 많은 친구들에게 술을 따르며 강권했다. 내게 천 냥 돈은 없었지만, 내게는 반드시 쓸, 하늘이 내린 재주만은 있다고 생각했다. 하지만 황영조 마을 앞 해변에서 하늘의 별들을 올려다보던 그날 저녁, 나는 내가 오만으로 똘똘 뭉친, 그러나 결국은 아무것도 하지 못하는 젊은이에 불과하다는 사실을 인정해야만 했다. 나는 하늘이 낸 천재도 아니고, 한꺼번에 300잔을 들이킬 수 있는 위인도 못 된다. 더없이 아픈 일이지만, 그 누구도 아닌 내가 먼저 나 자신을 받아들여야만 한다는 사실을 나는 인정할 수밖에 없었다.

내가 황영조 마을까지 가서 본 것은 결국 내가 그 무엇도 아니라는 사실이었다. 나는 이백 같은 시인도 될 수 있고 황영조 같은 운동선수도 될 수 있지만, 어쨌든 그 당시에는 무엇도 아닌 사람이었다. '君不見'이라는 그 세 글자는 결국 내가 아무것도 아니라는 사실이 보이지 않느냐는 말이었다. 아이처럼 두 주먹 불끈 쥐고 끝까지 그렇지 않다고 외치고 싶었지만, 결국 인정하지 않을 수 없었다.

'君不見' 세 글자로 시작한 「장진주」는 '萬古愁(만고수)' 세 글자로 끝난다. 한꺼번에 300잔의 술을 마시고 이백이 잊고자 한 '만고의 시름'은 누구도 하늘이 낸 자신의 재주를 알아주지 않는다는 사실이었다. '君不見' '君不見' 아무리 소리쳐도 그것은 사실이다. 한꺼번에 300잔을 들이켤 재주가 없어 동해안까지 가야만 했지만, 그곳에서 내가 보게 된 것은 바로 그게 아닐까 한다.

시간은 흘러가고 슬픔은 지속된다

시간이란 무엇일까? 그건 한순간의 일이 오랫동안 기억되는 과정이다. 어느 날, 화곡동 시장 골목을 지나가다 보니 언젠가 그곳에서 마셨던 소주와 갖은 안주들이 기억났다. 언제쯤이었을까? 봄이었던가? 가을이었던가? 나는 화곡동 시장 골목에 있는 좌판에서 사촌 형과 술을 마시고 있었다. 나와는 겨우 여섯 살밖에 차이 나지 않는 조카가 그 근처 육군 병원에 입원해 있어 문병 갔다가 사촌 형과 함께 밖으로 나온 참이었다.

나보다 키가 한 뼘은 크고 몸집도 상당하던 조카는 입대하자마자 훈련소에서 이송돼 왔다. 늑막염이라고 했다. 침대에 누워서는 "이제 평생 술은 마시지 못하겠다"며 아쉬워하던 모습이 기억난다. "술이나 뭐나 어서 몸이나 챙겨라"라고 내가 말했다. 몸만 나아지면 조카는 의병 제대한다고 했다. 누구보다도 건강했던 조카가 그럴 줄은 전혀 알지 못했다.

그리고 한 번 더 찾아갔던 것 같다. 그 애와 나는 헤비메탈 음악에 대해 얘기했다. 내가 어떤 그룹이 그즈음 내한 공연을 한다고 말했다. 조카는 그 그룹을 알지 못했다. 병원에서 나가면, 꼭 공연을 보여달라고 말했고 나는 그러겠노라고 대답했다.

그러던 어느 곁엔가 그 애가 "나는 삼촌이 참 좋아"라고 말했다. 어릴 적부터 나와는 친구처럼 지냈던 애였으나 성정이 문약한 나와 달리 늘 내게 대들던 애였다. 내 생각에 그 애와 나는 친척이라는 사실을 제하면 그다지 공통점이 없어 보였다. 어느 틈에 커버린 그 애를 나는 어찌할 수 없었다. 그런데 갑자기 한 번도 듣지 못한, 그런 소리를 들은 것이다. 내가 좀 더 예민한 사람이었으면 그 말이 무슨 뜻인지 알았을 것이다. 하지만 나는 그만큼 예민하지 못했다.

조카의 말이 무슨 뜻인지도 알아차리지 못할 정도로 둔감한 내가 일본의 짧은 시 하이쿠에 푹 빠지게 된 계기는 현대 하이쿠 시인인 이시바시 히데노의 다음과 같은 시를 읽었기 때문이다.

매미 소리 쏴―
아이는 구급차를
못 쫓아왔네.
蟬時雨子は擔送車に追ひつけず

하이쿠는 5·7·5의 음수율을 가진 정형시다. 그러므로 위의 시 역시 '세미시구레/ 코와탄소우샤니/ 오이쓰케즈'라고 읽어야만 한다. 의미로 읽자면, '매미 소리 쏴 ―'하고 읊은 뒤, 잠시 끊어야만 한다. 하이쿠에 대해 조금이라도 아는 사람이라면 이 첫 구절만 듣고도 이 시의 배경은 여름이겠거니 생각할 것이다. 계절어인 매미가 들어갔기 때문이다. 그러면서 동시에 죽음의 기운을 느낄 것이다. 왜냐하면 하이쿠의 명인인 마쓰오 바쇼가 다음과 같은 두 편의 시를 남겨놓았으니까.

'우듬지에서/ 허무하게 지누나/ 매미의 허물梢よりあだに落ちけり蟬のから' 그리고 '곧 죽을 듯한/ 기색은 안 보이네/ 매미 소리야やがて死ぬけしきは見えず蟬の聲'. 이들 시에서 매미 소리는 곧 찾아올 죽음의 적막을 역설적으로 표현하는 떠들썩함이다. '매미 소리蟬の聲'는 바쇼의 유명한 시에 연거푸 등장하는 구절이다.

예컨대 '한적함이여/ 바위에 스며드는/ 매미 소리야閑さや岩にしみ入る蟬の聲'라는 하이쿠에 등장하는 매미 소리를 올더스 헉슬리는 "바위 사이의 공간을 메우고 있는 정적만큼 절대적인 정적, '음악적인 공동空洞의 허무'라고도 할 수 있는 정적을 표현하려 하고 있는 것"이라고 말한 바 있다. 삶의 여백이자 죽음의 적막을 언어로는 도저히 표현할 수 없어 귀를 때리는 한여름 매미 소리를 역설적으로 사용하는 것이다. 매

미 소리가 천지를 울리다가 문득 멈춘 상태. 그 찰나적인 상태가 바로 견딜 수 없는 삶의 여백이자, 죽음의 적막이니까.

그러므로 이시바시 히데노가 '매미 소리 쏴―'(원문대로 의역하면 '소나기처럼 갑자기 일제히 들리는 매미 소리' 정도로 풀어지겠다)라고 할 때, 듣는 사람들은 긴장할 수밖에 없다. '매미 소리 쏴―'의 귓전을 울리는 이 매미 소리는 적막을 표현하기 위한 장치니까. 두려운 일이 곧 찾아올 테니까. 그 일은 바로 '아이는 구급차를'을 거쳐 '못 쫓아왔네'라는 문장에 이르면서 우리의 긴장을 급격하게 해체시킨다. 그 해체의 끝에는 몇 방울 눈물도 맺히겠다.

그 며칠 뒤, 아직 잠에서 깨어나지도 못했는데 사촌 형에게서 전화가 걸려왔다. 조카가 죽었다는 얘기였다. 믿기지 않는 일이었다. 나보다 훨씬 더 건강했던 아이였는데…….육군병원 뒤쪽 영안실 마당으로는 아침 햇살이 군데군데 비스듬하게 꽂혀 있었다. 더없이 적막한 곳이었다. 아직 이른 아침이라 둘이서만 빈소를 지키던 사촌 형 부부는 내가 들어가자 나를 부둥켜안고 갑자기 울음을 터뜨렸다. 그때는 그런 생각을 할 겨를도 없었지만, 지금 생각하면 일제히 들리는 매미 소리보다 훨씬 더 큰 울음소리였다. 매미가 왜 그렇게 크게 소리 내 우는 것인지 지금 생각하면 이해할 듯도 하다.

　시인 이시바시 히데노가 폐병을 앓다가 죽은 건 그녀의 나이 서른여덟 살의 일이었다. 그녀에게는 여섯 살짜리 딸이 하나 있었다. 어느 여름이겠다. 병이 깊어져 그녀는 구급차에 옮겨졌다. 그러는 동안, 매미가 어찌나 큰 소리로 울던지⋯⋯. 그 외중에 딸아이는 제 엄마가 구급차에 실려가는 게 무서워 울면서 엄마를 쫓아오고 있었는데, 그 울음소리가 멀어지는가 싶더니 어느 결엔가 들리지 않게 된 것이다. 그때의 일을 이시바시 히데노는 '매미 소리 쏴ー／ 아이는 구급차를／ 못 쫓아왔네', 17자로 표현했다.

　오랫동안 하이쿠 시인으로 활약했고 마쓰오 바쇼의 작품은 수도 없이 읽었을 테니 '매미 소리 쏴ー'라는 시구가 떠올랐을 때, 이시바시 히데노는 임박한 죽음을 예상했을 것이다. 아이의 울부짖음마저도 삼켜버릴 듯한 그 매미 소리도 더 이상 들리지 않으면 자신은 이 세상을 떠나게 될지도 모를 일. 혼자서 살아가는 세상이라면, 운명이 굳이 지금 세상을 떠나라고 해도 아쉬울 게 없으리라. 하지만 우리 모두에겐 남아 있는 사람이 있지 않은가? 남은 사람들의 기억 속에서 그 일이 반복되는 한, 슬픔은 오랫동안 지속되리라. '아이는 구급차를／ 못 쫓아왔네'라는 문장은 그처럼 오랫동안 지속되는 슬픔의 한 모습이다. 시간은 그렇게 지속된다.

　조카의 몸을 화장하고 돌아오던 날 밤, 그 아이가 나를 찾아왔다. 꿈이었으리라. 어쩌면 꿈이라고 생각하고 싶었던 것이었으리라. 그 아이는 아무런 말 없이 물끄러미 나를 바라봤다. 나는 이곳에 머물지 말고 떠나가라고 소리쳤다. 부모든, 나든, 그 누구든 원망해서는 안 된다고 몇 번이고 말했다. 그 아이는 아무런 말 없이 나를 바라보기만 했다. 뭐라고 말하고 싶으나, 차마 입이 떨어지지 않는 듯한 표정이었다. 나는 다시 소리쳤다. 어서 가. 뒤돌아보지 말고 떠나버려. 누구도 원망하지 말고. 모든 걸 잊어버리고 떠나버려. 다시는 찾아오지 마. 아이는 그렇게 떠나버렸다. 그리고 내 마음에는 말라죽은 생선 껍질 같은 죄책감이 수북하게 쌓였다. 갑자기 무서워져서 다시 잠들지 못했다. 밤은 그대로 가만히 있는 듯한데, 내 마음만 하염없이 떠다녔다.

　우리가 잊고자 애쓰는 일은 결코 잊을 수 없는 일이 아니겠는가? 저도 아직 잊지 못하면서, 이렇게 오랫동안 기억 속에 쌓아두면서 왜 그때는 그렇게 가혹하게 소리쳐야만 했을까? 그러고 보면 이시바시 히데노가 남긴 많은 하이쿠 중, 이 시가 대표작으로 꼽히는 것도 가혹한 일이다. 여섯 살짜리 무남독녀 그 딸아이에게는 그 후로도 오랫동안 이 시가 쓰라렸을 테니.

'아이는 구급차를/ 못 쫓아왔네'라고 말할 때는 이제 그
만 자신을 잊어달라는 소리였겠지만, 아직도 그 아이의 마음
은 구급차를 쫓아가고 있겠다. 귀를 울릴 듯 매미 소리가 들
리다가 일제히 울음을 그치는 그 순간, 앞으로 찾아올 그 모
든 슬픔의 시간이 단단하게 압축된, 빈 공간이 찾아온다. 겪
은 사람이라면 절대로 잊지 못할 순간이다. 누구도 원망하지
말고 잊으라고 소리쳤지만, 정작 나는 아직도 그 절대적인
공허와 그 절대적인 충만의 순간을 잊지 못하겠다. 시간은
흘러가고 슬픔은 오랫동안 지속된다.

밤마다 나는 등불 앞에서
저 소리 들으며

나는 밤을 사랑한다. 밤은 천 개의 눈을 가진 검은 얼굴을 지녔다. 높은 곳에서 바라보면 그 눈들은 저마다 빛을 낸다. 그 빛 속 하나하나에 그대들이 있다. 외로운 그대들, 저마다 멀리서 흔들린다. 문득 바람이 그대 창으로 부는가, 그런 걱정이 든다. 하지만 그건 멀리 있기 때문에 흔들리는 빛이다. 한때 우리는 너무나 가까웠으나, 그리하여 조금의 흔들림도 느낄 수 없었으나…….

밤을 향해 나는 입김을 분다. 내 깊은 숨들이 조금씩 어둠의 물결 속으로 풀려나간다. 이제 나는 점점 줄어든다. 이제 나는 점점 아무것도 아닌 존재가 된다. 이제 나는 어둠 속으로 사라진다. 결코 채워지지 않는 밤으로 나는 스며든다. 그대를 생각하며 밤을 마주할 때, 나는 비밀이 된다. 무엇으로도 해독할 수 없는 암호가 된다.

그대는 오래전부터 내게 비밀이었다. 내가 밤을 사랑하는 것은 그 때문이다. 밤에는 나도 비밀이 되니까. 우리는 모두 멀리서 흔들리는 불빛이 되니까. 그리하여 밤의 몸과 밤의 살갗과 밤의 온기를 나는 사랑한다. 밤에 그대는 어둠 속으로, 비밀 속으로 스며들 것이다. 밤에 우리는 서로에게 스며들 것이다. 우리는 모두 밤이 될 것이다. 밤 안에서 우리는 사랑할 것이다.

나는 수많은 그대 중의 하나가 쓴 시를 달빛에 비춰본다.

스스로 탄식함은 내가 원래 다정하여 시름이 많음이니

하물며 가을바람 불고 밝은 달 마당 가득 비치는 계절임에랴.

침실 곁에서 들리는 저 지겨운 때를 알리는 북소리,

밤마다 나는 등불 앞에서 저 소리 들으며 머리가 세어진다.

自歎多情是足愁　況當風月滿庭秋

洞房偏與更聲近　夜夜燈前欲白頭

연인과 사랑에 빠진 시녀를 시기해 채찍질로 죽였다는 그대. 그 일로 스물여섯 살에 처형됐다는 그대. 「가을의 한秋怨」이라는 제목으로 시를 쓴 그대. 깊은 밤, 시간을 알리는 북소리를 저주해야만 했던 그대. 그리고 '夜夜'라고 밤을 두 번이나 써야만 했던 그대. 외로움에 차라리 흰머리로 밤을 밝히려 들었던 그대. 그대에게도 어둠이 스며드나니, 부디 슬퍼하지 말기를. 어둠은 늘 그대 쪽으로, 그처럼 언제나 나도 그대 쪽으로 스며드나니. 그렇게 우리는 사라지고, 천 개의 눈을 가진 검은 얼굴만이 남을 테니.

중문 바다에는 당신과 나

사람이 없는 바닷가는 혼자 서서 바라보는 거울과 비슷합니다. 제 모습이 보이지 않을 수 없습니다. 지난 1월 서귀포에 머무는 동안, 저는 중문 해수욕장에 자주 내려갔습니다. 바다보다는 모래가 더 좋았습니다. 화강암과 현무암과 사암 같은 갖은 종류의 돌 부스러기가 한데 모여 있었습니다. 예쁜 돌이 있으면 주워 가려고 모래만 바라보면서 걷다가 저는 깨달았습니다. 똑같이 생긴 돌맹이는 하나도 없는데도, 저들은 저렇게 모여 있구나.

당신과 저 역시 그와 같습니다. 개띠라든가, 혈액형이 A형이라든가, 막내라든가, 별자리가 양자리라든가, 이런 것들은 제가 어떤 사람인지 말해준다고 말들을 합니다. 그에 따르면 저는 성급하고 인내심이 부족하고 쉽게 싫증을 내며 이기적인 유형에 속합니다. 하지만 세상에 똑같이 생긴 돌이 없듯이 같은 유형의 사람은 어디에도 없습니다. 우리는 저마다 자신의 유형일 뿐입니다. 우리가 다른 누군가의 삶을 살 수는 없는 노릇입니다. 그렇게 우리는 모여 있는 것입니다.

돌아오는 날, 서귀포에 폭설이 쏟아졌습니다. 눈은 떨어져 금방 녹아버렸습니다. 그런데도 그런 폭설은 오랜만이라고 서귀포 사람들은 말했습니다. 우리 삶이란 눈 구경하기 힘든 남쪽 지방에 느닷없이 내리는 폭설 같은 것. 누구도 삶의 날씨를 예보하지는 못합니다. 그건 당신과 저 역시 마찬가지입니다. 지금 우리는 가까이 있습니다. 그리고 세월이 흐르고 나면 우리는 다른 유형의 사람으로 바뀔 것입니다. 우리는, 서로 멀리, 살아갈 것입니다.

그걸 슬퍼하기 전에 얼른 시집을 펼칩니다. 당나라 시인 왕창령의 「부용루에서 신점을 보내다芙蓉樓送辛漸」이군요.

찬비 내리는 강을 따라 밤새 오나라로 들어가고
그대를 보내는 새벽 초나라 산들이 외롭다.
낙양의 친구들이 안부를 물어보면
한 조각 얼음 같은 마음 옥병에 간직했다고 하게.
寒雨連江夜入吳　平明送客楚山孤
洛陽親友如相問　一片氷心在玉壺

누군가 안부를 물어오면 한 조각 얼음 같은 마음 옥병에 간직했다고 전해주세요. 부디.

내가 서른 살 넘어까지 살아 있을 줄 알았더라면

스무 살 그즈음에 삶을 대하는 태도는 뭔가 달랐을 것이다.

이따금 줄 끊어지는 소리 들려오누나

"꼭 한 마리 새처럼 앉아 있더구나."

누군가와 통화를 하는데 그 사람이 한 여자아이를 가리켜 이렇게 말했다. 한 번 만난 적도, 얘기를 들은 적도 없었는데 문득 그 여자아이를 사랑할 것 같은 예감이 들었다. 스무살 무렵의 일이다. 만나기도 전에 누군가를 사랑하는 일이 가능할까? 스무 살 무렵이라면 충분히 가능하다.

실제로 만나자마자 우린 사랑에 빠졌다. 아니다. 말을 바꿔야 할 것 같다. 만나자마자 나 혼자 사랑에 빠진 것이다. 우리는 그렇게 단 한 번 만났고 오랫동안 헤어져 지냈다. 그 여자아이는 고등학교 졸업을 앞둔 단발머리의 소녀였다.

아직 나이가 어린 사람들은 잘 모를 것이다. 나 역시 그랬으니까. 그 당시만 해도 나는 내가 서른 살이 넘어서까지 살아 있을 것이라는 사실을 제대로 실감하지 못했다. 내 계획은 정확하게 입대할 때까지만 세워져 있었다. 대학을 졸업한 뒤 이십대 후반까지는 간신히 미래의 내 모습을 그려낼 수 있었지만 서른 살 넘어까지는 무리였다. 그러므로 서른 살 이후는 미지의 영역이었다.

내가 서른 살 넘어까지 살아 있을 줄 알았더라면 스무 살 그즈음에 삶을 대하는 태도는 뭔가 달랐을 것이다. 그 아이와 나는 대학로와 종로와 신촌 등지를 잘 걸어 다녔다. 한번은 롤러스케이트를 타려고 동대문운동장 근처까지 갔다가 결국 롤러스케이트장이 사라졌다는 사실만을 확인하고 벼룩시장이 있던 청계 8가를 지나 종로 5가를 따라 걷다가 창덕궁 앞까지 걸어간 적이 있었다. 바람이 부는 추운 날이었다는 기억은 있지만, 그 추위는 이제 남아 있지 않다. 다만 함께 걸어가던 그 경로와 풍경만이 내 머릿속에 뚜렷하게 남았을 뿐.

그 당시만 해도 먼 훗날 그 거리를 걸어가는, 서른 살이 넘은 내 모습을 상상조차 할 수 없었다. 당장 그 아이와 내가 어떻게 될지도 모르는데 하물며 서른 살 넘어까지 상상할 겨를이 있었겠는가. 하지만 이제 그 거리를 걸어가노라면 10여 년 전쯤 어깨를 부딪히며 걸어가던 젊은 연인들의 모습이 눈에 보이는 듯하다. 몇몇 새 건물을 제외하면 거리의 모습은 그때와 크게 다르지 않다. 그 모습은 그대로인데, 이제 우리는 서로의 소식을 애써 알려고 하지 않는 사람들이 됐다. '10여 년 전의 일이 어제처럼 생생하다'는 말은 거짓말이다. 단 하루가 지난 일이라도 지나간 일은 이제 우리의 것도, 살아 있는 것도 아니다. 시간을 되돌린다고 하더라도 그 눈빛을 다시 만날 수는 없다. 우리는 이미 발을 동동거리며 즐거움에 가득 차 거리를 걸어가던 그때의 그 젊은이와는 아주 다른 사람이 됐기 때문이다. 세월이 흘렀기 때문에 우리가 변한 게 아니라 우리가 변했기 때문에 세월이 흐른 것이다. 어찌할 바를 모르겠지만, 결국 인정할 수밖에 없는 일이다.

그 아이를 다시 만난 것은 제대를 반년 정도 앞두고 휴가를 받아 나왔을 때였다. 플라타너스 이파리가 시퍼렇게 익어가던 뜨거운 여름날이었다. 나는 친구와 얘기하면서 명륜동 거리를 걸어가고 있었다. 그때 내 눈앞으로 뭔가가 지나갔다. 그게 뭔지 그 순간에는 깨닫지 못한 채 한참 걸어가고 나서야 나는 뒤돌아볼 수 있었다. 그 아이였다. 나는 행인들을 헤치고 달려가 그 아이 앞에 섰다. 그 아이는 문예회관 대극장에서 입장하는 관객들을 안내한 뒤 마지막으로 문을 닫는 아르바이트를 하고 있다며, 자신을 만나고 싶다면 문예회관으로 오라고 했다. 다음 날 나는 문예회관 대극장 맨 뒷좌석에 앉아 공짜로〈쿠니, 나라〉라는 괴상한 제목의 연극을 봤다. 연극을 보는 내내 '이번에는 절대로 너를 보내주지 않겠다'라고 다짐했다. 물론〈쿠니, 나라〉라는, 그 연극의 주제와는 아무런 상관이 없는 감상평이었다.

그리고 반년간 몇 번의 편지와 전화가 오갔다. 편지를 보내고 나면, 또 전화를 끊고 나면 마음 한구석이 너무나 허전했다. 한번은 밤늦게 대대장 관사에 다녀오는 길이었다. 관사에서 귀대하려면 작은 언덕 꼭대기에 만든 헬기장을 지나가야만 했다. 보도블록에 페인트를 칠해 만든, 하얗고 큰 'H' 위를 지나갈 때의 일이었다. 문득 그곳에서 걸음을 멈추고 주변을 둘러봤다. 사방팔방 하늘과 땅 위에 그 무엇도 없었다. 정말 무시무시한 공허였다. 그 공허 속으로 나란 존재가 빠져들어 산산조각 날 것만 같았다. 그 속으로 들어가고 싶은 욕구와 들어가면 안 된다는 생각이 함께 들었다. 나는 결국 그 환희에 찬 공허를 거부하고 부대로 돌아왔다. 나를 사로잡았던 그 공허감의 정체가 무엇인지 알 수 없었다. 그리고 얼마 뒤 나는 제대했다.

제대하고 정확하게 석 달 뒤 그 아이는 미국으로 떠나버렸다. 도대체 무엇 때문에 어떤 사람들은 외국으로 가야만 하는 것일까? 어떻게 떠날 수가 있을까? 제대를 앞둔 무렵, 나를 사로잡았던 공허감이 무엇인지 그제야 이해됐다. 그 아이를 보낸 뒤, 내가 한 일이란 그동안 사귀었던 여자아이들을 기억해내고 그녀들에게 내가 얼마나 나쁜 일을 많이 했는지 참회하거나 문장마다 후회에 가득 찬 일기를 쓰는 일이었다. 이제는 얼굴도 감감한 여자아이들에게까지 왜 그렇게 용서를 빌고 싶었을까? 그 공허감이란 결국 새로 맞닥뜨려야만 하는 세계에 대한 두려움 때문에 도피해 들어가는 자폐의 공간이었던 것이다. 번데기가 허물을 벗듯이, 새가 알을 깨듯이 우리는 자폐의 공간을 거쳐 새로운 세계 속에 정착한다. 그 공허감을 견디지 못하면 결국 자폐의 공간에서 빠져나오지 못하게 된다.

이제는 웬만한 일에는 놀라지도 않는 사람이 됐다. 내 생활을 뿌리째 흔드는 일이 벌어지지 않는 한, 그 무시무시한 공허 속으로 들어가려는 욕구를 느끼지는 않을 것이다. 그러나 가끔 처음이라고 생각하며 길을 걷는데, 언젠가 그 길을 걸어간 적이 있다는 느낌이 들 때가 있다. 언제일까, 혼자서 곰곰이 기억이 하는 말에 귀를 기울이다 보면 쩽하고 종소리 비슷한 게 들린다. 내 가슴속에서 들리는 낮고 묵직한 종소리. 애써 귀를 기울이지 않으면 전혀 들리지 않는 그 소리.

이덕무가 글을 뽑고 박제가가 서문을 붙인 『학산당인보기學山堂印譜記』에 보면 이런 구절이 나온다.

거문고 갑 속에 간직하여 두었더니
이따금 줄 끊어지는 소리 들려오누나.
孤琴在幽匣 時迸斷弦聲

내 마음속에 간직해둔 거문고들도 이따금 줄 끊어지는 소리를 울린다. 그 소리가 들릴 때면 나는 또 얼마나 놀라는

지! 나는 참 많이도 흘러내려왔구나. 항상 삶은 예상했던 것보다 더 오래 지속되는구나. 스무 살, 그 무렵에 나는 '이제 그만 바라보자/ 저렇게 멀리서 반짝이는 섬들을'이라고 두 줄의 시를 쓰며 모든 멀어지는 것들을 아쉬워했지만, 이제는 멀리서 바라보는 빛이, 마치 새로 짠 스웨터처럼, 얼마나 따뜻한지, 또 얼마나 아름다운지 알 것 같아 가만가만 고개만 끄덕인다. 이따금 마음에서 울리는 그 소리를 들으며 가만가만.

청춘은 그렇게 한두 조각
꽃잎을 떨구면서

산동네의 겨울은 일찍 시작됐다. 북악스카이웨이와 고도가 거의 비슷한 정릉 4동 산꼭대기에 살 때는 남들보다 먼저 연탄을 들여놓아 마음이 편해지면 비로소 겨울이 두렵지 않았다. 대학 시절 내가 살았던 자취방은 흔히 닭집이라고 부르던 형태였다. 도로를 따라 일렬로 부엌과 방이 하나씩 딸린 집들이 쭉 이어졌는데, 내가 사는 '집 아닌 집'도 그 틈에 있었다. 일본인들은 이런 집을 1DK(다이닝룸·키친)라고도 표현하던데, 그런 우아한 말과는 상당히 거리가 먼, 굳이 일본어를 사용하자면 '하꼬방'이었다. 정릉에서 보낸 마지막 겨울, 나는 추위를 견디고 견디다가 더 이상 참지 못하고 연탄 100장을 들여놓기로 했다.

추위를 견딘 이유는 연탄을 보관할 곳이 마땅찮았기 때문이었다. 말이 부엌이지 수도꼭지와 시궁창을 설치한 게 전부였고, 방도 네 개의 벽과 천장이 있다는 것만을 의미할 뿐이었다. 그래서 연탄은 방 아래쪽의 빈 공간에 옆으로 눕혀 보관했다. 거기에 공간이 있는 이유는 온돌방이 마루처럼 생겼기 때문인데, 이건 상당히 설명하기 곤란한 형태지만 어쨌든 그렇다고 해두자. 지새워야 할 숱한 밤과 피워야 할 많은 연탄불이 기다리고 있었으므로 나는 호기롭게 번개탄도 한 묶음이나 사서 첫 번째 연탄에 불을 댕겼다.

그런데 이게 웬일인가, 아무리 기다려도 방은 따뜻해지지 않았다. 따뜻해질 기미조차 없었다. 살펴보니 보일러에 물이 없어 채웠더니 마루 위에 깐 온돌에서 물이 새어나오기 시작했다. 고개를 숙여 살펴봤더니 지난해까지만 해도 멀쩡했는데 어느 틈엔가 시궁쥐들이 물을 공급하는 호스를 갉아 먹은 게 보였다. 불쌍한 시궁쥐들. 얼마나 먹을 게 없으면 플라스틱 호스를 갉아 먹는단 말인가. 결국 방 밑에 99장의 연탄과 9장의 번개탄을 쌓아두고도 나는 전기장판 하나로 겨울을 날 수밖에 없었다.

그즈음, 제대한 친구 하나가 무작정 상경했다. 비빌 언덕 하나 없던 청춘이었으니 그 친구는 하꼬방이나마 내 방으로 찾아들 수밖에 없었고 나는 한 사람이라도 더 들어오면 방이 따뜻했으므로 대환영이었다. 그런데 그 친구는 술만 취하면 뭔가 집어오는 게 취미였다. 가게에서 물건을 슬쩍한다는 얘기가 아니라 길을 가다가 사람들이 버린 의자며 장롱이며 거울 따위를 들고 온다는 얘기다. 내가 살던 집이 대저택이라면 수영장을 뜯어온다고 해도 말리진 않겠지만, 누워 있노라면 버스 정류장 옆에 버려진 관 속에 있는 듯한 느낌이 드는 좁은 곳이었기에 문제가 상당히 많았다.

머리맡의 물이 얼어붙는 강추위의 시간이 지나면서 수

도꼭지 앞에는 그 무게도 육중한 이발소 의자가, 우리가 자는 방 옆에는 천장까지 닿는 장롱이, 방바닥에는 침대도 아닌 침대 아래쪽의 나무 받침이, 책받침만 한 창가에는 스티로폼 따위를 채워서 만든 둥근 천 소파가 자리를 잡았다. 나날이 살림이 늘었지만, 즐거울 만한 상황은 전혀 아니었다. 쓰레기들이 모이니 쓰레기장이나 다름없었다. 그런 곳에 있으니 우리도 쓰레기나 마찬가지였다.

그러던 어느 날, 근처 가톨릭 계통의 고아원에서 봉사하는 청년들과 떠들썩하게 술을 마셨다. 고작 베니어합판 하나로 막은 양쪽 벽 너머에 사람들이 자고 있는데 그렇게 떠들어대다니 지금 같으면 엄두도 내지 못할 일이었다. 하지만 그때는 그런 개념 자체가 없었다. 한참 떠드는데 문 여는 소리가 나는가 싶더니 사람들이 들이닥쳤다. 경찰들이었다. 그들은 들어오다가 그만 수도꼭지 옆에 있던 이발소 의자에 부딪혔다. 앞장선 경찰이 이발소 의자를 의심스러운 눈초리로 바라보면서 소리쳤다.

"지금 뭐 하고 있습니까? 도박한다고 신고가……."

그 경찰은 말을 잇지 못했다. 방 꼴을 보니 도저히 도박할 만한 사람들의 방이 아니었으니까. 방바닥에 판돈이 굴러다녔다면 우리는 그 돈으로 소주를 사 마셨을 것이다. 그때 친구가 소리쳤다.

"우리 좀 잡아가요, 아저씨. 우리 도박했어요. 우리 좀 잡아가요."

느닷없는 말이었다. 나는 얼른 뛰어나가 경찰들에게 떠들지 않겠다고 말했다. 그러는 동안에도 친구는 계속 소리쳤다. 우리 좀 잡아가요, 아저씨. 경찰들은 내게 주의를 주더니 곤란하다는 표정으로 얼른 사라졌다. 그제야 정신이 번쩍 들었다. 누군가가 나도 잡아갔으면 하는 생각이 들었다. 그곳에서 벗어나고 싶었다. 겨울은 영원히 계속될 것만 같았다. 그해 겨울, 우리는 겨울이라는 곳에 살고 있다고 생각했다.

정릉 산꼭대기에서 보낸 그 마지막 겨울이 사실은 내게 봄이었다는 것을 깨닫게 해준 사람은 당나라 시인 두보였다. 두보는 「곡강 이수曲江 二首」의 첫 번째 수를 이렇게 시작했다. '人生七十古來稀(사람 살이 칠십 년은 예로부터 드문데)'라는 유명한 구절이 담긴 시다.

한 조각 꽃이 져도 봄빛이 깎이거니

바람 불어 만 조각 흩어지니 시름 어이 견디리.

스러지는 꽃잎 내 눈을 스치는 걸 바라보노라면

몸 많이 상하는 게 싫다고 술 머금는 일 마다하랴.

一片花飛減却春 風飄萬點正愁人

且看欲盡花徑眼 莫厭傷多酒入唇

　그해 겨울, 나는 간절히 봄을 기다렸건만 자신이 봄을
지나고 있다는 사실만은 깨닫지 못했다. 한 조각 꽃이 져도
봄빛이 깎이는 줄도 모르고 시간이 쏜살같이 흘러 빨리 정릉
그 산꼭대기에서 벗어나기만을 간절히 원했다. 그러는 동안
에도 제대한 친구는 버려진 순간온수기니 컴퓨터 책상 따위
를 집 안으로 옮겨놓았다. 우리는 점점 더 쓰레기 더미의 한
가운데로 몰리고 있었다. 가끔 너무 추운 날에는 방 밑에 넣
어둔 번개탄과 연탄을 꺼내 그냥 난로 삼아 불을 지핀 뒤 이
발소 의자에 앉아 불을 쬐고는 했다. 그럴 때면 굴뚝으로 매
캐한 연기가 뿜어졌다. 연탄의 검은빛이 허공 속 연기로 사
라지듯 우리 청춘의 꽃잎은 그렇게 한 조각 한 조각 져버렸고
봄빛이 깎이었다.

　얼마간 시간이 또 흐르고 진달래, 개나리, 목련 등이 꽃
을 피우기 시작했다. 친구는 다시 고향으로 내려갔고 소설
당선금이 생긴 나는 누나와 돈을 합쳐 기름보일러가 있는 집
으로 옮겨가게 됐다. 집을 보러 온 사람에게 나는 좋은 소식
한 가지와 나쁜 소식 한 가지를 동시에 알려줬다. 좋은 소식

은 방 밑에 90장 가까이 연탄이 있다는 것. 나쁜 소식은, 하지만 쥐가 보일러 호스를 쏠아놓아 그 연탄이 소용없다는 것. 떠나기 전날 밤, 소주와 오징어를 무던히도 사 먹었던 동네 구멍가게에 갔더니 성공해서 그 동네를 떠나게 된 것을 축하한다며 아주머니가 오렌지 주스 1.5리터를 내게 선물했다. 짐을 꾸려놓은 방에 돌아와 나는 그 주스를 혼자서 다 마셨다. 혼자 마시기엔 양이 너무 많았고 속이 쓰라렸다.

다음 날, 이삿짐 트럭을 타고 언덕길을 내려가면서 나는 그 언덕에서 보낸 시절이 내겐 봄이었다는 사실을 비로소 깨달을 수 있었다. 꽃 시절이 모두 지나고 나면 봄빛이 사라졌음을 알게 된다. 천만 조각 흩날리고 낙화도 바닥나면 우리가 살았던 곳이 과연 어디였는지 깨닫게 되리라. 청춘은 그렇게 한두 조각 꽃잎을 떨구면서 가버렸다. 이미 져버린 꽃을 다시 살릴 수만 있다면 그 시절로 돌아가고 싶다.

등나무엔 초승달 벌써 올라와

김광석이라면 1989년 여름, 춘천에서 강릉으로 넘어가던 시외버스가 기억난다. 승객이 거의 없던 그 시외버스 안에서 나는 친구의 연애담을 듣고 있었다. 운동 서클 안에서 선배 여학생과 몇 달에 걸쳐 알고 지내다 보니 어느덧 남몰래 정이 들었다. 그러다가 그 사실을 알게 된 남자 선배 하나가 어느 날, 친구를 불러내 이런 식으로 연애하면 곤란하다고 경고했다. 그로부터 먼 훗날, 후일담 소설이라는, 재미없는 소설들에 흔히 나올 만한 진부한 소재였다.

하지만 당시만 해도 우리는 신라의 시인 설요의 시구마냥 "아아, 장차 어이할꼬, 이 청춘을將柰何兮是靑春"의 청춘이었다. 어이하긴 어이하겠는가? 결국 운동과 연애, 둘 중의 하나를 선택하라는 말에 친구는 여자 선배를 선택하고야 말았다. 지금 생각하면 너무나 당연한 선택이라고 느껴지는데, 그때만 해도 우리 같은 인간들도 백만 애국 학도들에 속했기 때문에 그 친구는 여자 때문에 조국을 버렸다는 죄책감에 사로잡혀 있었다.

조국이 버림받거나 말거나. 나는 그 친구의 얘기가 너무나 재미있었다. 그래서? 그래서? 키스는 해봤어? 해봤지. 어디서? 밤의 캠퍼스 안에서. 얼씨구. 나무 아래 벤치에 앉아 입을 맞추는데……. 지화자. 그런데? 누가 불빛을 우리에게 비췄어. 누가? 그 남자 선배? 무슨 그런 변태 같은 짓을! 그게 아니라……. 내가 흥분하자 친구가 잠시 말을 멈췄다. 규찰대가. 아니, 프락치를 색출하고 학교를 보위할 규찰대 손전등의 본분을 그렇게 망각해도 되는 것이야? 내가 소리 쳤다. 그러자 친구가 낮은 목소리로 말했다. 아니야. 괜찮은 사람들이었어. 실례했습니다. 위험하니까 너무 늦게까지 하지는 마십시오. 그렇게 말하고 다시 불을 껐어.

규찰대야 학교를 보위하거나 말거나, 밤의 캠퍼스 어두운 구석에서 일어나는 일들에 대해 귀를 쫑긋 세우고 듣는데, 갑자기 소리가 아득해지기 시작했다. 과연 학문의 전당에서 그런 짓들을 저질러도 되는 것인가 하는 생각에 정신이 아득해졌기 때문, 이라기보다는 시외버스가 대관령을 올라가면서 갑자기 귀가 먹먹해진 것이다. 대략 밤의 캠퍼스에서 여자와 입을 맞추는 심정이 그 먹먹한 느낌과 비슷한 것인지, 친구는 잠시 말을 잊고 눈이 부시게 푸르른 날에 그리운 사람을 그리워하는 표정을 짓고 있었다. 비가 내리면 어떡하려고? 눈이 내리면 또 어떡하려고?

그러다가 갑자기 친구가 김광석의 노래를 불렀다. 키스

까지 했다면서 "난 아직 그대를 이해하지 못하기에°" 어쩌고
저쩌고하는 노래를 불렀다. 아직도 이해하지 못하겠다니, 그
렇다면 아직 깊은 관계까지는 가지 않았단 말인가, 하는 의
심이 채 들기도 전에 나는 그 노래에 빠져버렸다. 승객이 거
의 없는 밤의 시외버스고, 대관령으로 넘어가고 있어 귀가
먹먹하고, 진부하기 짝이 없으나마 그 나이로서는 너무나 설
득력이 넘치는 연애담을 들은 직후라면, 그 누가 부르든 김
광석의 노래에 빠져들 수밖에 없다. 내가 아는 한, 김광석이
부른 노래란 그런 노래다. 그의 노래에는 청춘의 결정적 순
간에만 맛볼 수 있는 설득력이 있다.

정릉에 살 때의 일이다. 길을 따라 조금만 내려가면 나
오는 언덕배기에 명동성당에 다니는 여자들 네 명이 집을 빌
려서 함께 살고 있었다. 마찬가지로 같은 동네에 살던 선배
시인도 그들과 함께 성당에 다녔던 터라 그를 따라 나도 그
집에 놀러 갈 일이 종종 있었다. 집은 슬레이트 지붕의 옛집
이로되 북악스카이웨이 맞은편 언덕 높이에 위치한 데다가
마루로 큰 창이 놓여 있어 밤이면 밖을 내다보는 풍경이 아주
좋았다. 꼭 미야자키 하야오의 만화영화 〈귀를 기울이면〉의

○ 김광석의 〈기다려줘〉 중에서.

마지막 장면과 비슷한 분위기였다.

　그 집에 처음 간 것은 아직 북한산 칼바위 능선 쪽에는 눈이 채 녹지 않았을 때였다. 체육복만 입고 총총걸음으로 비닐봉지가 날리는 어두운 골목길을 줄달음쳐 문을 열고 안으로 들어가면 안경에 금방 김이 서렸다. 그해 겨울, 그 집은 내가 아는 한 가장 따뜻한 집이었다. 안경에 김이 서리는 것에도 아랑곳하지 않고 나는 그 집에 자주 찾아가 마루에서 북악스카이웨이의 불빛들을 바라보며 술을 마시곤 했다. 그때 나는 군대를 막 마치고 서울에 올라온 터라 여러모로 낯선 일들이 많았는데, 그 집 마루에 앉아 맞은편 북악스카이웨이 불빛을 바라보며 그녀들이 하는 얘기를 듣고 있노라면 마음이 푸근했다.

　그러니까, 사랑이 막 끝났을 즈음이었다. 한 사람을 향해서만 쏟아지던 감정이 갈 곳을 잃고 마음속에서 넘쳐나고 있었다. 채 처리하지 못한 감정이 넘쳐나게 되자, 자연스레 몸은 게을러져 아무것도 하기 싫었다. 수업을 들으러 학교에 나가는 일은 물론이거니와 밥을 먹기 위해 숟가락을 드는 일조차 힘들었다. 나는 하루 종일 방 안에 틀어박혀 밖으로 나가지 않았다. 그런 까닭에 그 집을 찾아가는 일 역시 나로서는 대단한 노력을 기울여야만 했다.

그 집의 식구들은 스물넷에서 서른두 살 사이의 사람들이었다. 인생의 정거장 같은 나이. 늘 누군가를 새로 만나고 또 떠나보내는 데 익숙해져야만 하는 나이. 옛 가족은 떠났으나 새 가족은 이루지 못한 나이. 그 누구와도 가족처럼 지낼 수 있으나 다음 날이면 남남처럼 헤어질 수 있는 나이. 그래서인지 우리는 금방 오랫동안 알고 지내던 사이처럼 친해질 수 있었다.

그 집 마루에서 벌어지는 술자리에는 일종의 형제애나 자매애 같은 느낌이 있었다. 스카이웨이 너머로 해가 떨어진 뒤, 지친 몸으로 직장에서 돌아온 그녀들은 화장을 지운 얼굴로 술상에 둘러앉아 낮 동안 회사에서 있었던 일을 서로 얘기하기도 했고 한창 연애 중인 여자의 얘기에 부러움 반, 질시 반의 자세로 귀를 기울이기도 했다. 그러는 동안, 때로 언덕 아래에서 불어온 골바람에 마루의 나무 문이 덜컹거렸다. 그러는 동안, 때로 화장실에 다녀오면서 나는 그리움에 눈물을 찔끔거리기도 했다.

술자리는 늘 나지막한 이야기로 시작해 큰 소리로 합창하는 노래로 끝났다. 대개 이런 식이었다. 서서히 말이 끊기고 몇몇은 피곤하다며 방으로 들어간다. 그러면 누군가 턴테이블을 켜고 음반을 재생한다. 이런저런 음악이 흘러나온다.

그러다가 누군가 김광석의 노래를 듣자고 제안한다. 그러면 반대하는 사람 없이 다들 좋다고 한다. 이윽고 김광석의 노래가 흘러나온다. 예컨대 이런 노래. "그대를 생각하는 것만으로 그대를 바라볼 수 있는 것만으로 그대의 음성을 듣는 것만으로도 기쁨을 느낄 수 있었던 그날들°" 같은 노래들.

그러면 다들 처음에는 그 노래를 듣다가, 하나둘 노래를 따라 부르다가, 그러다가는 이내 다들 큰 목소리로 합창하는 것이다. 나는 안다. 내가 왜 김광석의 노래를 그토록 목청껏 부르는지. 하지만 그들은 또 왜 그처럼 목청껏 부르는지……. 모르긴 해도 나는 그 이유를 알 것만 같았다. 그렇게 술에 취한 채 우리는 김광석의 노래를 함께 불렀다.

내가 기억하는 청춘이란 그런 장면이다. 겨울에서 봄으로 넘어가는 애매한 계절이고, 창문 너머로는 북악스카이웨이의 불빛들이 보이고, 우리는 저마다 다른 이유로, 다른 일들을 생각하며, 하지만 모두 함께 김광석의 노래를 합창한다. 잊어야 한다면 잊혀지면 좋겠어. 부질없는 아픔과 이별할 수 있도록. 잊어야 한다면 잊혀지면 좋겠어. 다시 돌아올 수 없는 그대를. 하지만 과연 잊을 수 있을까? 그 정릉 집은

° 김광석의 〈그날들〉 중에서.

그 거대한 물음표와 함께 내 기억 속에 남아 있다. 그건 아마도 청춘의 가장 위대한 물음표이지 싶다.

남들보다 1년 일찍 복학했기 때문에, 한편으로는 누구도 사랑하지 않았기 때문에 나의 대학 3학년 시절은 대단히 고요했다. 같은 과 여자 친구들은 이미 졸업했으며 남자 친구들은 아직 군대에서 돌아오지 않았거나 2학년이었기 때문이었다. 그 시절, 나는 도서관에서 1930년대 잡지 영인본만 들여다보고 있었다. 「일일一日 대경성大京城 유람기」나 「서울에서 쓰리 맞지 않는 법」 등의 제목을 단 기사들이었다. 검은색 하드커버의 영인본을 책상에 잔뜩 쌓아놓고 창밖이 어두워질 때까지 손가락으로 한 줄 한 줄 짚어가면서 세로쓰기 문장을 읽어 내렸다. 그 기사들을 읽으면 1930년대에도 나와 비슷한 젊은이들이 있어 크게 다르지 않은 실수들을 저지르고 있었다.

본디 나는 내가 경험하는 세계의 바깥에 무엇이 있는지 잘 모르는 종류의 인간이다. 누군가를 사랑한다면 그건 내가 경험한 누군가를 사랑한다는 뜻이었다. 뭔가에 빠진다면 그건 내 안에 들어온 어떤 것에 빠져든다는 뜻이었다. 그런 까닭에 나는 소통의 인간이 될 수 없었다. 사랑도, 증오도, 행복도, 슬픔도, 모두 내 경험의 공간, 나의 세계 안쪽 창에 맺히는 물방울 같은 것이었다.

　그러다가 제대하면서 나는 소통이 과연 어떤 것인지 여실하게 느낄 수 있게 됐다. 그러니까 한 여자애와 헤어지면서 그 어마어마했던 나만의 세계가 완전히 무너져 내린 것이다. 이제는 내 세계 안쪽 창에 맺힌 슬픔만으로는 부족했다. 비로소 나는 그 바깥의 슬픔, 타인의 슬픔에까지도 눈을 돌리게 됐다. 내게는 슬픔이 더 필요했던 것이다. 나는 신문과 책을 읽거나 영화나 연속극을 보다가 불쑥불쑥 눈물을 흘렸다. 고등학교 윤리 시간에 배운 관음보살의 눈물이 떠올랐다. 남의 아픔이 자기 아픔처럼 느껴지기에 운 것이라고 했던가. 마음보다는 몸으로 공감할 때, 사람은 누군가를 위해서 눈물을 흘릴 수 있었다.

　그제야 나는 다른 사람들의 삶에 눈길을 돌릴 수 있었다. 고요하고도 적막하던 대학 3학년 시절, 도서관에서 1930년대 잡지 영인본을 들여다본 것도 바로 그런 이유에서였다. 그리고 나는 세상에는 나와 같은 사람이 무수히 많으며, 또 예전에도 많았다는 사실을 알게 됐다. 내가 나만의 세계라고 믿었던 것이 나만의 세계가 아니었던 셈이다. 그렇다면 진짜 나만의 것은 무엇일까? 그게 궁금해졌다. 나만의 것. 진짜 나만의 것.

그렇게 영인본을 읽으며 오후를 보낸 뒤, 도서관 유리문을 열고 나오던 어느 저녁이었다. 5월의 푸른 밤이 교정으로 내려앉고 있었다. 도시의 붉은 불빛을 물끄러미 바라보고 선 뒷산 검은 이마 위로 별빛이 한두 개 반짝였다. 유리문을 열자마자, 유리문을 열고 조금 걸어 나오자마자, 참으로 푸른 밤이구나 하는 생각을 하자마자, 내 귓전으로 어떤 노랫소리가 크게 울려 퍼졌다. "잊어야 한다는 마음으로, 내 텅 빈 방문을 닫은 채로, 아직도 남아 있는 너의 향기, 내 텅 빈 방 안에 가득한데", 이런 가사로 시작하는 노래였다.

나도 모르게 그 노래가 들려오는 곳을 향해 걸어갔다. 노래는 계속됐다. "밤하늘에 빛나는 수많은 별들 저마다 아름답지만, 내 맘속에 빛나는 별 하나 오직 너만 있을 뿐이야." 무슨 일인지 학교 가운데 있던 금잔디 광장에 학생들이 꽤 모여 있었다. "창틈에 기다리던 새벽이 오면 어제보다 커진 내 방 안에 하얗게 밝아온 유리창에 썼다 지운다 널 사랑해.°"

광장의 한가운데에 키가 작은 사내 하나가 통기타를 메고 노래를 부르고 서 있었다. 그게 내가 처음이자 마지막으로 본 김광석이었다. 그날, 나는 김광석의 그 노래와 완벽하

° 김광석의 〈잊어야 한다는 마음으로〉 중에서.

게 소통했다. 지금도 눈을 감으면 그 날, 유리문을 열자마자, 유리문을 열고 조금 걸어 나오자마자, 참으로 푸른 밤이구나 하는 생각을 하자마자 내 귓전으로 들려오던 노랫소리가 귀에 들리는 듯하다. 예술이란 결국 마음이 통하는 게 아니라 몸이 통하는 것이라는 사실을 깨닫던 그때의 일들이 어제인 듯 생생하다.

청춘은 들고양이처럼 재빨리 지나가고 그 그림자는 오래도록 영혼에 그늘을 드리운다. 김광석은 젊어서 죽고 2003년을 기점으로 나는 김광석이 살아보지 못한 나이를 살게 됐다. 정약용의 시 중에 다음과 같은 게 있다.

어느새 가을 멀리 가버렸으나
숲나무엔 가을 뜻 아직 남았네.
적막한 바위 틈엔 물기 마르고
맑은 시내 어귀에 뗏목 깔렸다.
나무꾼은 상수리 밤톨 줍고
스님은 우물에서 무를 씻네.
석양빛 아직 아니 사라졌는데
등나무엔 초승달 벌써 올라와.
翛然秋遠逝 林木有餘情 斷溜雲根靜 橫槎澗口淸

野樵收橡栗 僧井洗蕪菁 未了斜陽色 藤梢月已生

　어느새 청춘은 멀리 가버렸으나 내 마음엔 여전히 그 뜻 남아 있는 듯. 지금도 나는 김광석의 노래를 들으면 몸이 아파온다. 석양빛 아직 아니 사라졌는데 등나무에 초승달 벌써 올라선 풍경처럼, 청춘은 그런 것이었다. 뜻하지 않게 찾아왔다가는 그 빛도 아직 사라지지 않았는데, 느닷없이 떠나버렸다.

잊혀지면 그만일 것을,
알면서도 어쩔 수 없네

대부분의 한국 남자라면 다 알 테지만, 입영통지서를 받게 되면 삶은 애매해질 수밖에 없다. 도서관 건물을 지었다면 이제 책을 채워 넣어야만 하는 것과 마찬가지 이치다. 왜냐하면 입영통지서의 가장 큰 기능이 거기에 있으니까. 멀쩡한 사람을 애매하게 만들기. 예컨대 인간미라고는 조금도 찾아볼 수 없는 그 종이 쪼가리에 돌아오는 12월쯤 입대하는 것으로 돼 있다면 그때까지는 어떤 계획도 세울 수 없다. 뭐, 총검술이라도 미리 연습한다면 좋은 계획이 될 듯도 하지만, 그런 인간이 있을 리 만무하다. 세상이 종말을 맞이하는 걸 지켜보는 심정이 어떤 것인지는 실연하면서 알게 됐지만, 그게 또 얼마나 허무한 일인지는 입영통지서를 받아보고야 깨달았다. 새 양말 한 짝도 살 수 없는 처지라니!

해서 군 입대를 앞둔 젊은이들에게는 달관의 풍모가 느껴진다. 뭘 열심히 파고든다고 해도 입대하면 말짱 헛수고라는 걸 알기 때문에 무엇에도 열중하지 못한다. 입영통지서를 받는 순간, 그들은 민간인의 삶을 포기할 수밖에 없으나 입대하기 전까지는 군인이 될 수도 없는 몸이므로. 군복이라도 미리 택배로 받을 수 있다면 다림질이라도 해놓으련만. 내 개인적 경험에서 말하자면, 그런 인간들, 그러니까 지금 자신의 삶에 대해서는 조금의 계획도 세울 수 없는 처지의 인간들이 열중할 수 있는 것은 세 가지뿐이다. 음주와 연애와 여행. 이는 매달 계좌에서 종신보험료가 자동으로 빠져나가는 회사원들이 마음 놓고 하지 못하는 세 가지이기도 하다.

내가 겪은 음주와 연애. 뭔가 사람을 확 끄는 비장함이 느껴지나 여기서는 여행에 대해서만 말하기로 하자. 많은 여행을 했지만, 그중에서 입영통지서를 받은 애매한 인간만이 할 수 있는 여행에 대해서 말하자면, 사실 그건 여행이라기보다는 부랑자 생활에 가깝다고 할 수 있다. 어린 시절에 어린이 잡지〈어깨동무〉의 '만화로 배우는 고사성어'에 나온 '동가식서가숙東家食西家宿'이라는 한자를 이해하지 못해 한참 헤맨 적이 있었는데(이 고사성어는 왜 여섯 자인가라는 의문 때문이었다. 물론 이게 내 마음에 남은 청춘의 문장은 아니다), 바로 그 동가식서가숙을 뜻한다.

만화가 윤승운의 만화에 등장하는 주인공은 갓이 부서진 거지꼴이나마 공짜로 밥 먹을 동쪽 집도, 잠잘 서쪽 집도 있었건만 현실의 내게는 그런 집이 없었다. 그래서 최소한의 돈을 벌어야만 했기에 아르바이트 일감을 구했다. 내가 구한 일감이라는 건 일문학과 학생들이 날림으로 번역한 일본 만화『시티 헌터』나『도라에몽』따위를 받아 우리말 표현에 맞게 적당히 윤문하는 일이었다. 어느 곳이나 선배는 있게 마런인데, 그 세계에도 선배가 있었다. 전공을 살릴 작정이었는지 모르지만, 어느 대학 문예창작과에 다니던 사람이었다. 그는 친구를 위해 어쩌고저쩌고하는 해적판 만화 『북두신권』(지금의 『북두의 권』)의 그 유명한, 하지만 나는 전혀 알지 못했고 지금도 기억하지 못하는 카피를 자기가 지었다며 내게도 그런 멋진 문장을 만들면 전국의 만화방 앞에 내 글이 걸릴 것이라고 나를 부추겼다.

하지만 새 양말 하나도 살 수 없는 처지가 된 내게 그런 야망 따위가 있었겠는가. 야망도, 경험도 없던 나는 일본 이름을 가진 새 등장인물이 나올 때마다 떠오르는 대로 친구의 이름으로 바꿔놓는 식으로 윤문의 세계에 뛰어들었다. 당시 일본 만화가 불법으로 소개되면서 발생한 사회문제에 나 혼자만으로도 모자라 친구들까지 동원해 일조한 것이다. 한 권을 윤문하면 2만 원을 받을 수 있었다. 한 시간이면 한 권을 윤문할 수 있었기 때문에 야박한 대접은 아니었다.

그런 식으로 '김연수(21세, 주거부정)'의 신분이 되어 가방 안에는 일본 만화책을 복사한 원고를 넣은 채 대학로 일대를 한동안 헤매고 다녔다. 그런 몰골로 대학로 벤치에 앉아 있으면 슬금슬금 다가오는 분들이 있다. 대개 선하게 생기신 분들인데, 말하자면 복음을 전파하시고 있었다. 그런 분과 한참 기독교 교리의 모순과 하나님의 질투심에 대해 논쟁하다가 "예전에도 우리가 같은 문제로 싸우지 않았습니까?" "그러고 보니 옛날에 학생하고 이런 적이 있었네" 등의 한심한 대화를 끝으로 깔끔하게 헤어진 적도 있었다. 돈이 없는 날에는 곧잘 다니던 명상 센터에서도 잤고 서울대학교 부속 병원 응급실 한쪽에서도 잤고 친구 집에서도 잤다.

하지만 돈이 조금이라도 있다면 영화 〈장미빛 인생〉에 나올 듯한, 학교 앞 만화방으로 향했다. 2천 원을 내면 밤새도록 만화를 볼 수 있어 밤을 보내기에는 더없이 좋았다. 지금이라면 찜질방이나 PC방에 가겠지만, 당시에는 나처럼 애매한 청춘이 밤을 보낼 만한 곳이 많지 않았다. 그때가 만화방의 전성시대였지 싶다. 그래서 내게도 일본 만화 윤문이라는 일자리가 돌아왔겠지만. 당시만 해도 한쪽에서 만화를 보고 있노라면 친구가 나를 찾기도 어려울 정도로 만화방은 광활했다. 만화가별로 꽂혀 있는 서가를 들여다보고 있노라면 셰익스피어 전집이나 『여유당전서』는 독파할 수 있을지 몰라도 황제나 박봉성의 전작을 읽는 건 불가능해 보였다.

그곳에서 만화를 보다가 지겨우면 『도라에몽』 윤문 원고를 꺼내 일했다. 초등학생 시절, 나는 『도라에몽』의 한국어 해적판인 『동짜몽』에 미쳐 있었는데 그게 다 나중에 윤문을 하려고 그랬던 모양이었다, 라는 뿌듯한 생각은 전혀 들지 않았다. 다만 일주일 치 용돈을 들고 서점으로 달려가 새로 나온『동짜몽』만화책을 사는 세계가 얼마나 천국에 가까운 것인지 깨달았을 뿐이다. 어느 날 새벽도 그렇게 지나간 천국의 한때를 그리워하며 한참 윤문하고 있을 때였다. 그 만화방의 주인은 일흔 살에 가까운 할아버지였는데, 다른 손님에게 라면을 갖다주고 돌아가다가『도라에몽』의 말풍선 속의 대사를 고치는 나를 발견했다.

"이게 뭡니까? 만화가 선생님입니까?"

나는 깜짝 놀라서 할아버지를 올려봤다.

"아, 아닙니다. 저는 만화가가 아니고요. 일본 만화를 윤문하고 있는 중입니다."

하지만 그 할아버지는 '윤문'이라는 단어를 이해하지 못했다. 만화가는 아니지만, 그보다 더 어려운 뭔가를 하는 사람으로 나를 착각했다. 끝이 뭉툭해진 지우개로 도라에몽의 대사를 박박 문질러 지우고 "맙소사!" "이런 바보 녀석!" 같은 대사나 친구 이름 따위를 써놓고 있었으니까 심의위원이라고 생각했을지도 모르겠다. 갈 곳이 없어 새벽 만화 가게를 찾은 일본 만화 심의위원? 생각하니 웃기는 얘기다. 어쨌든 그 뒤로 할아버지는 존경에 가득 찬 눈초리로 나를 바라봤다. 예컨대 음반 가게에 가수 비슷한 사람이, 서점에 작가 비슷한 사람이 들어온 셈이었으니까.

그러던 어느 날이었다. 그 만화방에서 잠자고 있는데 동대문경찰서에서 만화방을 급습했다. 심야 영업하는 만화방이란 자연스레 나 같은 얼치기 부랑자, 부랑자가 되기 직전의 사회부적응자, 한때는 부랑자였던 범죄자 등이 꼬이기 쉬운 곳이니, 한동안 기소중지자를 보지 못하면 손이 근질근질해지는 경찰들이 만화방을 습격하는 일은 흔했다. 그날의 급습은 수배 중인 운동권 학생들을 잡으려는 목적이었다. 자는데 누군가 깨워 눈을 떠보니 형사였다. 살면서 이런 문장을 몇 번이나 써보겠는가. 한 번 더 써보자. 자는데 누군가 깨워 눈을 떠보니 형사였다. 대개의 형사들은 얼굴 생김새가 제복이나 다름없어 사복을 입고 다니는 모양이었다. 분위기가 아주 험악했다. 신분증을 보여달라고 해서 '공손하게' 보여드린 뒤 멍하니 앉아 있으려니 신분증을 지참하지 않았던 학생들이 잡혀가고 있었다. 심야에 만화방에 가면서 신분증을 챙길 사람이 몇 명이나 되겠는가. 아니, 그걸 떠나서 운동권 학생들에게는 쉬는 시간에 만화를 즐길 권리도 없단 말인가! 마음으로야 그런 반발심이 들지만, 그런 상황에서 내색하는 건 좋은 일이 아니었으므로 나는 가만히 있었다.

기왕 잠은 다 깨버렸으니까 신발을 신은 뒤 물을 마시려고 계산대 쪽으로 슬금슬금 다가갔다. 형사들이 뭘 하나 궁금했던 것이다. 형사들은 주인 할아버지에게 일장 훈계를 퍼붓고 있었다. 밤새도록 영업하면 안 되는 거 모르느냐, 뭐 이런 식이었다. 주인 할아버지를 윽박질러 몇 년이 걸리더라도 박봉성의 만화를 공짜로 독파하려는 속셈으로 저러는 게 아닐까 싶을 정도로 목소리가 요란했다. 어쩌면 만화방의 규모에 비해 기소중지자의 숫자가 턱없이 부족했던 것인지도 몰랐다. 그런저런 상념이 내 머리 위 말풍선 속을 떠다니던 바로 그 순간, 그 할아버지가 기어들어가는 목소리로 말했다.

"저는 아르바이트입니다."

나는 마시던 물을 다시 뱉을 뻔했다. 말문이 막히기는 형사들도 마찬가지였다.

"뭐라고……요?"

할아버지는 주위를 둘러보더니 수치심을 참을 수 없다는 듯 뇌까렸다.

"저는 밤 10시부터 새벽 6시까지만 일하는 아르바이트라구요."

당황한 형사들은 우왕좌왕하기 시작했다. 아르바이트라고 해서 책임을 면할 수 있는 것은 아니라는 둥, 당신 우리한

테 거짓말하면 어떻게 되는지 아느냐는 둥, 형사들이 할 수 있는 최대한 상투적인 문장을 되는 대로 지껄이기 시작하더니 별다른 소득도 얻지 못한 만화방 습격 사건을 끝내고 철수했다.

　형사들이 떠나간 뒤, 나는 한동안 멍했다. 내가 만화가 그 비슷한 것도 아니듯 그 할아버지도 주인이 아니었던 것이다. 파도가 해변으로 한번 몰려들었다가 이내 물러난 뒤, 폐곡선 모양으로 물기가 모래사장으로 스며드는 모양을 바라보는 듯 어떤 감정이 내 마음속으로 스며들었다. 딱히 슬픔이라고도 말할 수 없는, 슬픔의 남은 껍질 같은 것이었달까. 왜 그랬을까? 내 나이 스물한 살에 만화방에서 밤을 지새우며 불법 복제한 일본 만화를 윤문하다가 잠들어서는 기소중지자를 검거하러 다니는 형사에게 신분증을 보여주기 위해 잠을 설치는 따위의 일을 하고 싶지 않았다. 하지만 삶이란 내가 원한다고 마음대로 되는 게 아니었다. 그 할아버지도 나와 마찬가지였을까? 나는 입영통지서를 받았다지만, 그 할아버지는 뭘 받았던 것일까? 삶은 마치 박봉성의 전작 만화와 같았다. 아무리 이해하려고 해도 내가 삶을 모두 이해할 수 있는 날은 오지 않을 것 같았다.

술에 취한 듯 깬 듯해서 토박이들 집을 찾아갔다.

찌를 듯한 대나무와 등나무 끝이 걸음을 흐려놓는구나.

다만 소똥을 보고서 돌아갈 길을 찾는데

집은 외양간 서쪽에서 또다시 서쪽에 있구나.

半醒半醉問諸黎　竹刺藤梢步步迷

但尋牛矢覓歸路　家在牛欄西復西

— 소식, 「술 마시고 홀로 걸어 자운, 위, 휘, 선각 네 친구의 집에 이르다」

내게는 집을 찾아갈 소똥도 보이지 않았던 그 시절, 눈만 뜨면 들었던 음악이 바로 여행스케치의 2집이었다. "세월이 흘러가고 먼 훗날, 우리의 모습은 얼마나 많이 변해 있을까 지금은 함께 있지만°"이라든가 "잊혀지면 그만인 것을 알면서도 어쩔 수 없어 세월 가면 잊혀지려나 하지만 그건 쉽지 않을 텐데°°" 같은 노래들. 여전히 삶이란 내게 정답지가 뜯겨 나간 문제집과 비슷하다. 어떤 것인지 짐작할 수는 있지만, 그게 정말 맞는 것인지 확인할 방법은 없다.

° 〈이 세상 모든 것들에 감사하며〉 중에서.
°° 〈영원히 잊혀지지 않는〉 중에서.

제발 이러지 말고 잘 살아보자

비웃을지 몰라도 내 생애를 통틀어 가장 절망적인 시간은 신병훈련소에 입소했던 시절이었다. 전방으로 배치되는 게 아니라 고향에서 근무하는 보충역 판정을 받을 때만 해도 '이젠 살았구나' 이런 생각이 들었는데 막상 신병훈련소에 들어가 군사 교육을 받아보니 이건 학교 다닐 때 친구들과 함께 떠나는 수련회 따위와는 비교도 안 될 정도로 힘들었다. 훈련소에서 그나마 인간미를 찾을 수 있는 곳이 있다면 PX뿐이었지만, 신병들에게는 일과 시간에 바라보는 관물대의 담요나 마찬가지였다.

지금은 생각이 많이 달라져 이따금 40킬로미터도 넘게 달리기도 하지만, 어릴 때만 해도 나는 땀 빼는 게 싫어 체육 시간에 축구를 할라 치면 골키퍼만 하던 사람이었다. 그런 주제에 훈련소에서 조교들의 명령에 따라 이리 갔다가 저리 갔다가 하다 보니까 도대체 나 같은 사람까지 군대에 와야만 하는가 하는, 대단히 실존적인 것처럼 보이지만 실상은 대단히 이기적인 의문이 들었다. 아무리 따져봐도 나라를 지킬 정도의 남자라면 근육도 발달하고 키도 커야만 할 텐데, 나는 그런 사람이 될 수 없었다. 하지만 그렇다고 대대장에게 면담을 신청해 그 놀라운 결론을 알릴 만한 입장도 아니었다.

그리하여 나는 그 4주간의 훈련을 통해 250미터 떨어진

과녁에 스무 발의 총알을 모두 명중시킬 수 있는 인간 병기로 바뀌어갔다, 라고 한다면 거짓말이고 그저 세상일이 내 뜻대로만 되는 것은 아니라는 사실을 뼈저리게 깨달았다(정말 뼈저리게. 왜 가야만 하는지도 모르고 훈련소에 가보면 뭔가 깨달을 때마다 뼈가 저린다는 것을 알 수 있을 것이다). 삶이 입속의 혀 같은 것이라면 내 마음대로 이리저리 돌려도 보고 힘들긴 해도 뒤집어보기도 할 텐데, 세상일이 그렇지는 않더라. 그제야 진심으로, 온몸으로, 전면적으로, 총체적으로 겁이 났다. 제대하는 날이 찾아와 예비군 모자를 하늘로 내던지며 제 발로 위병소를 걸어 나오지 않는 한, 이제 내가 빠져나갈 구멍은 하나도 없다는 사실이 분명해졌다.

요즘에는 나도 육군사관학교에 들어갔으면 어땠을까, 같은 상상도 한다. 농담 아니다. 초등학교 6학년 적성검사 때 내게 어울리는 직업으로 군인이 나온 적이 있었다. 물론 그와 함께 의사, 예술가도 나와서 그저 좋은 소리만 늘어놓는다고 생각하긴 했지만. 그러므로 지금 같으면 '기왕 이렇게 된 거 열심히 적 장비 인원 식별이나 마스터하자'고 생각했겠지만, 이십대 초반의 사고 체계에는 긍정적인 회로란 없었다. 예컨대 그 회로에 '학점을 잘 받으면 장학금을 받을 수도 있다', 이런 긍정적인 문장을 입력하면 곧바로 '웃기고 자빠

졌네'라는 응답과 함께 회로가 먹통이 된다.

　내가 배치받은 부대는 전쟁이 터지면 울진 지역으로 상륙해 태백산맥을 따라 지리산까지 내려가는 북한군 특수부대를 담배 한 대 피울 정도의 시간만큼만 저지시킨 뒤, 예비군들에게 인계하는 것을 목표로 만들어졌다. 담배 한 대 피울 시간이라고는 하지만 방위병 주제에 북한군 특수부대를 막는다는 것도 웃겼던 데다가 기껏 저지시킨 적병들을 훈련이라고 와서는 '밥 가져오라, 라면 사오라' 떠들어대기 일쑤인 예비군들에게 인계한다는 것도 말이 되지 않았다. 십중팔구 인계하는 과정에서 예비군들과 두 번째 전투를 치를 가능성이 많았다.

　하지만 아무리 말이 되지 않는다고 생각한대도 작전 계획이 방위 이등병의 견해까지 참조해가면서 만들어지는 것이 아닌 이상 그대로 따르는 수밖에 없었다. 방위병이었음에도 불구하고, 태백산맥이 무슨 경부고속도로라도 되는 양 거침없이 이동하다가도 우리가 수색에 나서면 멀쩡한 무덤을 파고 들어가 관 위에서 잠을 잔다는 북한군 특수부대를 가상의 적으로 설정하고 훈련해야만 하니 여간 피곤하지 않았다. 안 가면 모르되 일단 출근하면 그 짧은 시간에 교육에다 기합까지 받느라 패잔병 꼴이 된 뒤에야 귀가할 수 있으니 부대를 나와 수송버스(에 대해 말하자면, 방위병들의 스쿨버스 같은 것이다)에서 내리면 창피하기 이를 데가 없었다. 아무리 전쟁이라지만, 특수부대는 특수부대끼리, 방위부대는 방위부대끼리 싸워야 공평하지 않을까? 북한에는 우리가 상대할 방위부대가 없단 말인가? 그렇게 국방에 대해 걱정하다가 제대할 때까지 남은 날을 계산하노라면 눈앞이 캄캄했다.

그즈음 내 마음은 내 것 같지가 않았다. 아주 사소한 일에도 마음은 희망과 절망을 오르내렸다. 깔깔거리고 웃다가도 돌아서면 온갖 인상을 쓰며 손톱만 물어뜯는 식이었다. 조금이라도 따뜻하게 대하는 사람에게는 모든 것을 다 줄 수 있을 것처럼 굴었고, 신경을 건드리는 사람은 마음속으로 몇 번이고 저주했다. 주인에게 버림받은 강아지의 행태와 비슷했다. 나를 방위부대에 버려두고 도망간 주인은 과연 누구였을까? 젊음이었을까, 삶이었을까? 아무도 나를 알아보지 못하는 낯선 곳으로 떠났으면, 밤새 술을 마시고 하루 종일 잠에서 깨어나지 않았으면 등등이 당시 내 소박한 소원이었다. 하지만 삶은, 젊음은 내게 그 정도도 해주지 않았다. 사단본부에서 내려오는 훈령보다도 못한 게 삶이었고 젊음이었다.

그러던 어느 날이었다. 아침에 부대로 출근하면 점호 전에 군대식으로 지은 화장실을 청소하는 게 첫 번째 일이었다.

'군대식'이라는 건 '병사들이 자체적으로 지은'이란 뜻이다. 같은 곳을 지칭하는 단어지만 보통의 화장실을 떠올리면 곤란하다. 하지만 매일 청소하다 보면 그럭저럭 참지 못할 정도로 나쁘지는 않다. 게다가 본부 중대에서 근무하는 병사들이 여러 가지 장식품으로 꾸며놓아 언뜻 보기에는 그럴듯해 보였다. 그렇게 꾸며놓은 것 중에 '이 주의 금언'이라는 게 있었다. 비닐을 붙인 합판 안에다가 매주 이런저런 금언을 바꿔 붙였다. 예컨대 '겉으로 보기에 무척 연약해 보이는 모든 것이 바로 힘이다 —파스칼' 같은 글을 차트 글씨로 써 붙여놓는 식이었다.

아침에 청소할 때마다 그런 글귀를 마음속 깊이 새기고 바닥에 떨어진 담배꽁초가 아니라 교훈을 찾고자 노력했다면 마음도 잘 다스렸겠지만, 말했다시피 애당초 내게는 긍정적인 회로가 작동 불가능했던 데다가 그런 금언을 붙이자고 처음 제안한 사람도 아마 사병들의 정신 건강보다는 검열관에게 잘 보이고 싶은 마음이 더 컸을 것이다.

그날도 잠에서 덜 깬 멍청한 표정으로 화장실에 갔다. 집게로 창가 재떨이와 소변기에 떨어진 담배꽁초를 줍다가 새로 붙은 '이 주의 금언'을 스치듯 읽었다. 그러고도 계속 청소하다가 뭔가 이상한 듯해서 다시 읽었다. 『논어』의 한 구절이었다.

즐거워하되 음란하지 말며 슬프되 상심에 이러지 말자.
樂而不淫　哀而不傷

오줌이 묻은 양철 집게를 들고 서서 나는 웃었다. 한참 웃었다. 웃음을 그치고 다시 담배꽁초를 줍는데 배시시 웃음이 터졌다. '이러지 말자'가 아니라 '이르지 말자'라고 해야 옳았기 때문이었다. 자꾸만 내 머릿속으로는 공자님이, 왜 가야만 하는지도 모르면서도 가야만 했던 부대의 화장실에서 이른 아침부터 집게로 담배꽁초를 줍는 내 소매를 붙잡고, '김 일병, 이러지 말자. 우리 아무리 슬프되 상심에 이러지 말자'라고 애원하는 광경이 떠올랐다. 알겠습니다, 공자님. 잘 알겠습니다.

전혀 원하지 않은 생활이었지만 뜻밖에 방위병을 하면서도 참 많은 걸 배웠다. 안전장치를 풀고 방아쇠를 당기면 현역병이든 방위병이든, 심지어는 예비군이든 총알을 쏠 수 있다는 무서운 진실을 그때 처음 배웠다. 삶이 내 뜻대로 되지 않는다는 사실도 덤으로 배웠다. 하지만 그 무엇도 맞춤법을 잘못 표기한 그 금언만큼 큰 깨달음을 주지는 않았다.

삶의 길은 올라가다가 내려가기도 하고, 내려가다가 다시 올라가기도 한다. 그 어떤 경우라도 상심에 이러면 안 된다. 슬프되 상심에 이러지 말자. 잘 살아보자.

진실로 너의 기백을 공부로써 구제한다면

벌써 10년도 더 지난 일이다. 나는 휴학한 뒤, 고향에 내려가 입대 날짜만 기다리고 있었다. 아침에 가게에 나가 한동안 앉아 있으려니까 눈이 억수같이 쏟아지기 시작했다. 삽시간에 역전 광장 맞은편 집들이 흰빛으로 지워질 만큼 대단한 눈이었다. 한참 그 눈을 바라보다가 다시 난로 옆에 앉아 랭보의 시집『지옥에서 보낸 한철』을 읽는데 누군가 그 눈보라 사이로 걸어와 문을 열었다. 금세 눈사람이 된 회색 승복의 스님이었다. 스님은 단팥빵과 크림빵, 두 개를 골랐다. 마실 것은 따뜻한 보리차나 달라 했다. 어머니라면 달가워하지 않을 첫 손님이었다. 하지만 나로서는 어찌 됐건 아무런 상관이 없었다. 보리차야 늘 난로 위 주전자에 올려뒀으니 그저 잔에 따르는 수고만 하면 되는 일이니까.

　우리는 그렇게 난로를 사이에 두고 앉아 있었다. 그쯤에서 나는 다시 랭보의 시집을 펼쳐 읽었다. 보리차만큼이나 따뜻했던 김미숙의 아침 방송이 가게 안에 울려 퍼졌다. 전국에 눈이 쏟아지고 있다는 멘트.

　무슨 책을 그렇게 열심히 읽습니까? 라고 스님이 물었다. 나는 멋쩍은 표정으로 책 표지를 보여주며 랭보의 시집입니다, 라고 말했다. 잠시 입을 오물거리던 스님이 보리차를 한 모금 마시고 다시 말했다. 장차 시인이 될 생각인가요?

조만간 군인이 된다는 것은 확실했지만, 장차 뭐가 될지는 나도 알 수 없었다. 하지만…… 그렇습니다, 라고 내가 말했다. 사실 시인이 되고 싶었던 것이다. 스님은 다시 입을 오물거리며 손을 크림빵으로 뻗었다. 나는 다시 랭보의 시로 눈을 떨궜다. 그때였다.

10년 뒤에는 세상 모든 사람들이 아는 유명한 사람이 돼 있을 겁니다. 열심히 하십시오. 고개를 들어 바라보니 표정 하나 변하지 않은 채 스님이 그런 예언을 서슴없이 들려주고 있었다. 내 가슴은 쿵쾅거렸다. 왜 그런 전설이 많지 않은가? 길 가던 스님이 물 한 잔을 달라고 해서 바가지를 내밀었더니 이 집에서 큰 인물이 날 겁니다, 운운하면서 휑하니 사라졌는데 알고 보니 왕이 태어났다는 이야기. 내가 왕까지는 아니더라도 시인 정도는 될 수 있는 모양이구나, 그런 생각이 들었다. 하지만 나는 옛날이야기를 곧이곧대로 믿을 만큼 순진한 사람이 아니었다.

정말입니까? 나는 스님에게 한 번 더 물었다. 정말이고 말고, 라고 스님이 대답했다. 그 무엇이든, 그 누구든 10년만 열심히 한다면 세상 모든 사람들이 알 만큼 유명한 사람이 될 수 있어요, 라고 스님이 덧붙였다. 실망, 대실망이었다. 나도 몰래 에이, 하는 소리가 나왔다. 왜 옛날이야기에서 예언한 스님이 잠깐 돌아보는 사이에 홀연히 사라지는지 알 수 있을 것만 같았다.

그 스님이 단팥빵만 드시고 불현듯 사라졌다면 좋았을 텐데. 하지만 스님은 내게 영동군 어딘가에 있는 절의 주소가 인쇄된 명함까지 건넨 뒤에야 한번 찾아오라는 말과 함께 한결 뜸해진 눈발 속으로 다시 들어갔다. 나는 한동안 그 명함을 바라봤다. 위대한 왕이나 학자의 탄생을 예언한 스님 중에 명함을 가지고 다니는 스님이 있다는 얘기를 들어본 적은 없었다. 한동안 그 명함은 내 지갑에 꽂혀 있었는데 언제부턴가 보이지 않았다.

정조 시대 사람 중에 유석로란 사람이 있다. 그 시절의 책들을 뒤져보면 이 사람에 대해 더 많은 것을 알 수 있으리라. 하지만 나는 유석로가 강화도로 놀러 갔다가 그 고을의 늙은 기녀와 매우 가깝게 지냈다는 것, 마니산 정상에 올라가 시 한 수를 짓지 못하고 그만 내려왔다는 것 정도밖에 모른다. 그나마도 유석로의 글을 통해서가 아니라 유람 가는 그를 송별할 정도로 가까웠던 이옥의 글을 통해서 알게 됐다.

이옥은 자신의 감정을 숨김없이 드러내고 당대의 현실을 그대로 그리는 소품체 문장을 구사한다는 이유로 문체반

정을 주도한 정조 임금의 눈 밖에 나 평생 관직에 나서지 못하고 지방으로 떠돈 사람이다. 그러니 이 둘의 교우는 젊었던 성균관 유생 시절에 시작됐다고 해두자. 이옥은 유석로가 마니산에 올라갔다가 시 한 수를 짓지 못하고 그만 내려왔다는 소식을 듣고는 「황학루 사적에 대한 고증黃鶴樓事蹟攷證」이란 글을 남겼다.

'이백이 중국 호북성 황학루에 올랐다가 최호의 시를 보고 감히 시 한 수 짓지 못하고 떠났다'는 옛이야기에 대한 이옥 나름대로의 해석이었다.

소싯적에 이백은 스스로 문장가를 자청해 좋은 산수만 만나면 늘 시를 지었다고 한다. 그러다가 황학루에 오르게 됐는데 눈이 휘둥그레지고 입이 딱 벌어지고 정신이 황홀해져 그만 붓두껍을 씹어 깨뜨리고 수염을 비벼 쉰여섯 가닥이나 끊어뜨리면서도 한 글자의 시를 쓰지 못했다고 한다. 화가 난 이백은 술 300잔을 마시고 취해서는 쇠망치로 난간을 두드려 부숴버린 뒤 잠들었다. 그리고 꿈을 꿨다. 꿈속에 학을 탄 신선이 나타나더니 이렇게 말했다.

멀었다! 네가 오늘 이후에도, 또 시에 능하다고 할 수 있겠느냐? 힘쓸지어다, 진실로 너의 기백을 공부로써 구제한다면 무

어 넓다고 탓할 것이 있겠느냐? 내가 장차 삼상(중국 광서성에
서 발원한 강 이름)의 한 굽이로 연지를 삼도록 너에게 허락하
겠다.

遠矣. 爾今而後, 亦可日能詩否乎 勉之哉 苟以 之氣, 濟之
以工, 何闊之有 吾將以三湘一曲, 許汝作硏池

말하자면, 양수리 큰물 정도는 벼루 삼아 누릴 날이 반
드시 올 테니 열심히 공부하란 뜻이다. 이 이야기를 친구인
유석로에게 들려주면서 이옥은 "이백이 놀라서 일어나, 드
디어 중국 강서성에 있는 광려산에 들어가 주야로 글을 읽은
지 무릇 10년 만에 마침내 천하의 문장이 되었다"며 슬쩍 덧
붙였다. 이백 이야기를 하는 듯하지만 실은 친구에게 너도
10년 정도 공부하면 이백 같은 대시인이 될 수 있다고 격려
하는 셈이다. 유석로는 그 말을 믿었을까?
난 그 말을 믿기로 했다. 그로부터 6년 정도가 지난 뒤였
다. 문인들이 모이는 술자리에 갔다가 "너는 이제 끝났어"라
는 말을 들었다. 그 무례한 말에 있는 힘껏 항변했지만, 그건
내가 정말 소설가로서 끝난 것이라고 생각했기 때문에 더 그
랬는지도 모른다. 나는 소설가로서의 재능이 없는 모양이다,
그런 생각이 들었다. 그때 그 스님의 말이 떠올랐다. 10년이

라고 했다. 아직 4년 정도는 더 남아 있었다. 이백처럼 온 세상 사람들이 다 아는 대시인이 될 것이라고 믿었던 건 아니다. 다만 거기서 끝나지 않기만을 바랐을 뿐이다.

　유람 다니고 기녀와 어울릴 정도로 천성이 게을렀기에 이옥이 그런 격려를 했던 것인지 유석로는 결국 이백 같은 훌륭한 시인은 되지 못했다. 그랬다면 우리가 유석로의 이름을 모를 리 없을 테니까. 하지만 이백이 되지 못했더라도 괜찮다. 그에게는 친구가 들려준 격려의 말이 늘 함께 했을 테니까. 10년 전 그 스님도 덕담으로 내게 그런 얘기를 한 것인지도 모른다. 그러나 가장 힘들었을 때, 내게는 그 말들이 있었다. 고마웠다. 어려워 당장 그만둬야 했을 때, 스님은 내게 4년을 더 준 셈이니까. 정조 시대 사람 유석로에 대해 아는 바가 많지 않다. 하지만 그에게도 힘든 시절은 있었으리라는 건 안다. 아니, 우리 모두에게 그런 시절이 있으리라는 것도. 그럴 때 우리를 다시 일으켜 세우는 건 누군가의 말이다. 그게 얼마나 고마운 일인지는 겪어본 사람만이 알 테다.

그 모든 것들은 곧 사라질 텐데、

어떻게 사랑하지 않을 수 있을까?

그런 점에서 여전히 나는 사춘기。

앞쪽 게르를 향해 가만―히 살핀다。

앞쪽 게르를 향해 가만-히 살핀다

"너, 눈병 걸렸니?"

1987년 11월, 눈에 안대를 하고 학교에 갔더니 옆 짝이 내게 물었다. 나는 고개를 저었다. 그러고 보니 이도 닦지 않고 나온 길이었다. 나는 입을 굳게 다물었다. 2교시가 끝난 뒤, 나는 오른쪽 눈에 찼던 안대를 왼쪽 눈으로 옮겼다. 옆 짝은 한동안 내 오른쪽 눈을 바라보더니 더 이상 묻지 않았다. 눈은 아무렇지도 않았던 것이다. 그냥 안대가 하고 싶었을 뿐이다. 가능하면 양쪽 눈에 모두 안대를 하고 교실에 앉아 있고 싶었던 것이다.

1987년 내내 나는 쥐 죽은 듯이 공부만 했다. 그해에 내 유일한 희망은 서울에 있는 대학교로 진학하는 일이었다. 내가 사는 도시가 너무나 작아 견딜 수가 없었다. 다른 친구들은 가출해 큰 도시를 보고 왔으나, 나로서는 대학 입시에 붙는 방법밖에 없었다. 도시락을 두 개씩 싸서 다니며『성문기본영어』『성문핵심영어』『성문종합영어』순으로 영어를 익혔고『기본 수학의 정석』『실력 수학의 정석』순으로 수학을 뗐다. 그러나 한번 떨어진 성적은 좀체 오르지 않았다. 그런데도 어쩐 일인지 1년 내내 전혀 초조하지 않았다. 공부하다가 그만 공부에 재미를 붙이게 된 것이다. 공부가 제일 재미있어요. 멍청이. 그것보다 재미있는 일이 얼마나 많은데, 그

것도 모르고…….

그리고 11월이 찾아왔다. 가로수들 사이가 안개로 설핏해졌다. 교과서는 너덜너덜해졌고 9교시 보충수업을 받을 때면 불을 밝혀야만 했다. 달력을 보니 공휴일이 하나도 없었다. 그래서 12월을 간절히 기다리다가 문득 이제 내 나이 열여덟 살은 그렇게 끝이 난다는 사실을 깨닫게 됐다. 그러자 온몸에 힘이 빠져버렸다. 나는 가벼운 감기에 걸렸고, 그걸 핑계 삼아 모든 의욕을 놓아버렸다. 안대를 하게 된 까닭도 그 때문이었다. 잠을 자고, 그리고 잠에서 깨어나고 싶지 않았던 것이다. 11월이 얼른 지나갔으면 했던 것이다. 하지만 그렇게 하지 못하니, 한쪽 눈이나마 재우고 싶었던 것이다.

그러던 어느 아침, 자습을 하고 있는데 나를 아끼던 사회 선생님이 나를 만나러 교실로 찾아왔다. 나는 조금 심드렁한 태도로 걸어 나갔다. 대학교 학생회장 출신으로 아직 젊었던 그 선생님은 수업은 35분 정도만 하고 나머지 15분 동안에는 인간이란 어떻게 살아야만 하는가와 같은 질문을 우리에게 던지던 분이었다. 그 정도만 해도 일종의 이념 교육으로 받아들여지던 때였다. 처음에는 다들 그 말에 귀를 기울였지만, 계절이 몇 번 바뀌기도 전에 "진도 나갑시다!"라고 외치는 아이들이 생겼다. 그럴 때면 인간이라는 것들이 참 시시한 족속이라고 생각했다. 쳇, 나는 멍청하지만, 너희들은 시시하다.

선생님은 복도에 서서 내게 정말 학교를 그만둘 작정이냐고 물었다. 선생님의 눈을 똑바로 바라볼 수가 없어 나는 11월의 교정만 쳐다봤다. 며칠 전, 나는 선생님에게 엽서 하나 빼곡하게 이딴 교육은 받을 수가 없으니 학교를 그만둘 작정이라는 글을 써서 보냈다. 집에 갔다가 그 엽서를 읽은 선생님은 다음 날 부리나케 학교로 출근해서 나를 불러낸 것이다. 그런 선생님 앞에서 차마 "만사가 귀찮아져서……" 따위의 말을 내뱉을 수는 없었다. 나는 정말 그만둘 작정이라고, 검정고시를 칠 것이라고 대답했다. 선생님은 한동안 말이 없었다.

그리고 선생님은 입을 열었다. 지극히 선생님다운 얘기였다고 나는 기억하고 있다. 어쨌든 우리는 선생님과 제자의 관계였으니까 선생님으로서는 그렇게 얘기할 수밖에 없었을 것이라고 짐작한다. 지금의 너로서는 아무것도 할 수 있는 일이 없다, 일단 대학에 들어가서 세상을 바꾸면 되는 것이다, 너에게는 많은 가능성이 있다, 지금 그 가능성을 포기하는 것은 성급한 생각이다 등등. 선생님은 자신의 이야기를 했다. 고등학교 때 자신이 세상에 대해 느꼈던 불만, 대학에 들어가 학생운동을 하면서 깨닫게 된 일들. 그래봐야 지금은 학교 선생님이지 않습니까, 이런 막된 생각이 마음속에 일었다가는 금방 사라졌다. 그래봐야 나 역시 학교를 그만두지는 못할 것이라는 걸 잘 알고 있었기 때문이었다.

선생님의 얘기를 한참 들은 뒤에 나는 고개를 끄덕였다. 잘 알겠습니다, 라고 대답했다. 역시 학교를 계속 다녀야만 하겠군요. 멍청이.『성문종합영어』와『수학의 정석』이 제일 재미있다고 생각하는 멍청이가 학교를 그만두는 일은 절대로 없는 것이다. 교실로 다시 들어오는데, 나 자신이 너무나 하찮게 여겨졌다. 할 수만 있다면 엽서를 다시 찾아와 찢어버리고 싶었다. 왜 선생님에게 11월이라서 그랬던 것뿐이었습니다, 라고 말하지 못했을까? 멍청이. 선생님에게는 너무나 미안했고 내게는 정말이지 하찮은 마음이 들었다.

그러던 어느 날, 학교 근처에서 자취하는 친구를 따라 또 다른 친구의 자취방에 찾아간 적이 있었다. 둘은 담배를 피웠고 나는 담배를 피우지 않았다. 내가 잘 모르던 그 친구는 그즈음 단학이니 기氣니 하는 것에 빠져 있었다. 담배 연기가 자욱한 자취방에서 그 친구는 자신이 염력으로 형광등의 불을 끌 수 있다는 말을 서슴없이 내뱉었다. 나는 깜짝 놀라서 그 친구를 쳐다봤다. 왜 형광등을 염력으로 꺼야만 하는 거지? 그냥 스위치를 누르면 끌 수 있잖아? 왜 굳이 형광등을 염력으로 끄려고 수련을 하느냔 말이야? 내가 그 친구에게 물었다. 우리 앞에서 시범을 보이려고 했던 그 친구는 내 물음에 그만 흥미를 잃고 말았다. 중요한 건 형광등이 아니라 염력이야. 내가 잘 모르던 그 친구는 내게 그렇게 말했다.

그런 것일까? 정말 중요한 것은 형광등이 아니라 염력인 것일까? 손만 뻗으면 형광등을 끌 수 있는데, 우리가 굳이 염력을 익혀야만 하는 것일까? 그해 11월, 나는 진정으로 그 질문에 대한 답을 구하고 싶었다. 하지만 11월은 내게 답을 가르쳐주지 않았다. 나는 염력을 익히는 마음으로 그해 11월을 버틴 게 아니었을까? 그런 게 아니었을까?

그리고 12월이 되자, 모든 것은 바뀌었다. 기말고사에서 나는 좋은 성적을 얻었고 연말을 맞아 학교 분위기는 조금씩 느슨해지기 시작했다. 추풍령에서 불어오는 바람이 너무 차갑고 세차 12월이 되면서부터는 자전거 대신 버스를 타고 통학했다. 기말고사가 끝난 뒤부터는 야간자율학습을 하지 않았기 때문에 저녁 거리를 걸어서 돌아오는 날이 많았다. 가끔씩 눈이 흩날릴 때면 참으로 치사하게도 나는 열여덟의 12월, 인생이란 마음껏 누릴 만한 것이라고 생각했다.

몽골의 시인인 이스. 돌람의 시를 읽게 된 것은 그로부
터 아주 오랜 시간이 흐른 뒤의 일이다. 하지만 이스. 돌람의
시「만추」를 읽자마자 나는 질문으로 가득 찼던 그해 11월을
떠올렸다. 그리고 질문으로 가득 찬 삶이란 얼마나 아름다운
것인지 깨닫게 됐다.

  샘 끝이 열린다.
  물이 불었다.
  황금빛 언덕에 그늘이 진다.
  산, 산에 골안개
  초원의 외로운 천막이 바람에 펄럭인다.
  가축몰이는 끝이 났다.
  밖으로 나가고 싶은 마음
  망설임
  문 위로 달이 더디 돋는다.
  음력 이십오 일이 가까웠다.
  암소가 이리저리 다니다가 초원에서 밤을 지낸다.
  젖이 줄어드는 때가 가까웠다.
  발바닥 아래서 나뭇잎이 바스락
  가을 풀이 말랐다.

앞쪽 게르를 향해 가만-히 살핀다.

남몰래 정이 들었다.°

    그해 11월, 나는 남몰래 정이 들어 자꾸만 밖으로 나가고 싶어 하는 유목민이었다. 염력을 익히는 게 아니라, 일단 대학에 가는 게 아니라, 지금 당장 밖으로 나가고 싶은 사춘기였다. 왜 그런 마음이 들었는지 몰라 선생님을 만나고 돌아와서는 스스로도 이해할 수 없는 머리통을 때렸지만, 이제는 그 이유를 너무나 잘 알고 있다. G.K. 체스터턴은 이런 말을 한 적이 있다. 사랑하는 것은 쉽다. 그것이 사라질 때를 상상할 수 있다면. 열여덟 살의 11월에 나는 처음으로 그렇게 모든 것이 지나가고 나면 다시 돌아오지 않는다는 것을 알게 된 것이다. 단순히 사랑해서가 아니라 그 사실 때문에 사랑했던 것이며, 사랑하지 못할까봐 안달이 났던 것이다.

    사실은 지금도 나는 뭔가를 사랑하지 않는 사람들을 보면 이상하기만 하다. 그 모든 것들은 곧 사라질 텐데, 어떻게 사랑하지 않을 수 있을까? 그런 점에서 여전히 나는 사춘기. 앞쪽 게르를 향해 가만-히 살핀다.

°   이스. 돌람 외, 『몽골 현대시선집』, 이안나 옮김, 문학과지성사, 2003, 17쪽.

서리 내린 연잎은 그 푸르렀던
빛을 따라 주름져가더라도

고등학생 시절, 어느 출판사에서 뽑는 독자 모니터 요원이 되겠답시고 독후감을 써서 보낸 적이 있었다. 모니터 요원이 되면 그 출판사의 책을 정기적으로 보내준다는 말에 혹했던 것이다. 그때까지만 해도 백일장은커녕 작문 시간에도 글을 잘 쓴다는 말을 들어본 적이 없었으므로 그다지 기대는 없었다. 그런데 얼마 뒤, 그 출판사의 독자 모니터 요원에 뽑혔다며 편지 한 통이 배달됐다.

프린터로 인쇄한 편지는 특별할 게 없었는데, 겉봉에 내 글을 잘 읽었다며 몇 마디 적혀 있었다. 내가 무척 좋아하는 시인이 직접 쓴 글이었다. 말로 표현할 수 없을 정도로 기분이 좋았다. 아마도 봉투의 그 글귀가 아니었더라면 나는 여전히 "백일장은커녕 작문 시간에도 글을 잘 쓴다는 소리를 들은 바 없고" 운운하며 계산기를 두들기고 있었을지도 모른다.

진로를 정할 때가 되어서야 글 잘 쓴다는 소리를 들은 나는 불행 중 다행인지 다행 중 불행인지 대입 시험에서 천문학과를 지망했다가 그만 떨어지고 말았다. 잔뜩 의기소침해 재수를 준비하던 차에 서울에서 그 시인을 만났다. 다시 한번 그는 내게 글을 잘 쓴다며 번역을 해보라고 권했다. 나는 중학교 1학년 때부터 이과를 꿈꾸던 사람이었다. 문과에 진학

한다는 건 내게 완전히 새로운 삶을 살라는 뜻이나 마찬가지였다. 하지만 그는 "백일장은커녕"으로 중무장한 내 뿌연 내면에 감춰진 능력을 꿰뚫어보고 있었다. 그런 게 어떻게 눈에 보이는 것인지는 아직 잘 모르겠다.

어쨌거나 나는 손바닥을 뒤집듯 쉽게 영문학과에 지원하기로 했다. 한 인간이 대학 진학을 앞두고 계열을 바꾸는 데는 수많은 이유가 있겠지만, 영문학과에 입학하게 된 건 전적으로 그의 권유 때문이었다. 살아오는 동안, 그 누구도 내게 그런 식으로 말한 사람은 없었다. 내 성적과 생김새를 지적하는 사람은 많았지만, 내 안에 어떤 가능성이 있는지 직접 가리켜 말한 사람은 그가 처음이었다.

내가 시를 쓰게 된 것도 그가 내게 건넨 말 덕분이었다. 한번은 내가 마음이 상해 약간 비꼬는 투를 섞어 "저도 시나 써야겠어요"라고 말했다. 그러자 그는 내게, 정확하게 이렇게 말했다. "그거 좋은 생각이구나. 네가 어떤 시를 쓸지 꼭 보고 싶다." 어떻게 그런 말을 할 수 있을까? 그의 격려 덕분에 내 안에 가시덩굴처럼 쌓여 있던 수많은 두려움들, 예컨대 "백일장은커녕" 같은 것들이 하나둘씩 떨어져 나가기 시작했다.

늘 그렇게 격려하기만 한 것은 아니었다. 내가 처음 시를 보여줬을 때, 그는 멍한 표정으로 노트를 앞뒤로 넘기다가 한참 만에 입을 열었다. "이게 백상지 100그램짜리인가? 아주 비싼 종이에 시를 썼네. 다음부터는 싸구려 갱지에 시를 써." 그게 무슨 말인지 곧 알 수 있었다. 사람들이 이건 그래도 시처럼 보인다고 말할 때까지 나는 수없이 많은 노트를 버려야만 했으니까. 하지만 그래도 불안하지 않았다. 글쓰기에 관한 한, 내 또래의 그 누구보다도 내가 가장 잘 쓸 수 있을 것이라고 자신감을 불어넣어준 사람이 있었으니까.

그렇게 한 3년 정도 그와 함께 지냈다. 그의 집에서 생활하기도 했고 함께 여러 곳을 여행하기도 했다. 그러는 동안, 나는 수많은 광경을 봤고 수많은 소리를 들었다. 대개는 처음 보고 듣는 것들이었다. 그를 만나기 전까지 나는 세상을 제대로 바라보고 듣는 법을 몰랐던 것이다. 사실 나는 내가 어떤 사람인지도 잘 몰랐다. 스승이라고 부를 만한 사람들이 우리 삶에 존재하는 건 우리 같은 사람들도 세상을 더 밝고 멀리 보게 하기 위함이다.

내가 아끼는 시집 중에 첫 손으로 꼽는 책은 정조 때 사람들인 이덕무, 유득공, 박제가, 이서구 이 네 분이 함께 펴낸 『사가시선』이다. 이 아름다운 시집에는 그들이 서로 어울려 지내면서 지은 시들이 많다. 유득공의 「밤에 앉아 지포자와 옛일을 이야기하다夜坐與芝圃子話舊」도 그런 시 중 하나다. 이 시는 함께 모여서 귀해지거나 천해지거나 길이 서로 사귀자며 부지런히 함께 글을 배웠던 지난 10년 동안의 일들을 회상하는 내용을 담았다. 시는 다음과 같은 구절로 끝난다.

주인이 집을 물가에 지은 뜻은
물고기도 나와서 거문고를 들으람이라.
主人亭館多臨水　定使寒魚出聽琴

쓸쓸한 물고기 같았던 내 삶에 들려온 거문고 소리는 내 안에 숨은 재능을 열심히 살려보라는 그 말이었다. 군대를 다녀온 뒤로는 그를 거의 만나지 못했지만, 나는 시인으로 등단했고 번역서도 펴냈다. 불과 몇 년 전까지만 해도 나를 비롯해 주변의 모든 사람들이 상상조차 할 수 없는 일이었다. 나 같은 물고기에게도 거문고 소리를 들려주겠노라고 물가에 집을 짓는 사람이 있었으니까 그런 일이 가능했던 셈이다.

살아오면서 나는 많은 것들을 배웠다. 영어 가정법 문장을 어떻게 만드는지, 3차 방정식을 어떻게 그래프로 옮기는지도 배웠다. 하지만 내가 배운 가장 소중한 것은 내가 어떤 사람일 수 있는지 알게 된 일이다. 내 안에는 많은 빛이 숨어 있다는 것, 지금의 나란 그 빛의 극히 일부만을 보여주고 있다는 것을 알게 된 일이다.

유득공은 「밤에 앉아 지포자와 옛일을 이야기하다」를 시작하면서 이렇게 노래했다. '직문 아래서 글 읽던 우리가 늙어가듯/ 가을 들어 연잎도 한철이 지나누나!早學雕龍稷下林 霜荷皺似舊靑襟'. 세월은 흐르고 흘러 서리 내린 연잎은 그 푸르렀던 빛을 따라 주름져갈 테다. 연잎이 주름지고 또 시든다고 하더라도 그 푸르렀던 말들이 잊히지는 않을 것이다. 내게도 그처럼 푸르렀던 말이 있었다. 예컨대 "글을 잘 읽었다"라든가, "그거 좋은 생각이구나. 네가 어떤 시를 쓸지 꼭 보고 싶다" 같은 말들. 그런 말들이 있어 삶은 계속되는 듯하다.

어둠을 지나지 않으면
어둠에서 벗어나지 못하느니

내가 다니던 중학교 뒷산의 이름은 까치산이었다. 아마도 까치가 많이 살았던 모양이다. 우리는 그 산 이름을 그렇게 알고 있었지만, 지도상의 공식 이름은 달랐을 것이다. 지도를 보면 까치산의 능선은 소백산맥까지 닿고, 소백산맥은 지리산으로 이어지고 있었다. 그렇다면 까치산을 지나 쭉 걸어가면 지리산까지 갈 수도 있다는 뜻이었다. 하지만 그건 '갈 수도' 있다는 얘기지, 그렇게 지리산까지 가는 건 불가능했다. 그런데도 나는 까치산에서 출발해 지리산까지 가고 싶었다. 그것도 중학교 2학년 무렵에 말이다.

그해 가을 어느 맑은 날, 나는 까치산 중턱에 앉아 한참을 울었다. 다른 아이들은 4교시 수업을 받고 있었다. 한참을 울고 나니 그제야 가을 햇살이 무척 노랗다는 게 눈에 들어왔다. 2교시를 마치고 교실에서 도망치듯 까치산으로 올라왔으니 벌써 두 시간째 나는 수업을 빼먹고 있었다. 점심시간이 시작되면 아이들이 까치산으로 올지도 모르니 지리산으로 떠나겠다면 빨리 마음을 먹고 출발해야만 했다. 하지만 지리산이 과연 어디쯤에 붙어 있단 말인가! 게다가 지리산까지 간다고 한들 아는 사람 하나 없는 그곳에서 중학생이 뭘 먹고 살 수 있단 말인가! 까치산으로 올라갈 때의 굳은 결심과 달리 나는 거기서 한 발자국도 나아갈 수 없었다.

망설이는 동안, 점심시간을 알리는 종이 울렸고 열어둔 교실의 창으로 아이들이 떠드는 소리가 요란하게 들렸다. 그 소리에 놀라 몇 걸음 산 정상 쪽으로 올라가다가 주저앉기를 반복하는데 아래쪽에서 애타게 내 이름을 부르는 소리가 들렸다. 그 소리에 나는 움찔했다. 여름이 시작될 무렵부터 나를 괴롭히던 아이의 목소리였다. 지리산을 향해 도망갈 것인가, 그 애에게 내가 어디 있는지 알릴까 결정하지 못하고 수풀에 한동안 숨어 있다가 나는 수치스러운 마음으로 "나 여기 있어"라고 외쳤다. 사실 나는 그 애의 괴롭힘을 견디다 못해 2교시가 끝난 뒤 쉬는 시간에 교실에서 도망쳐 나왔던 것이다.

누구도 믿을 수 없어. 누구도 믿을 수 없어. 그해, 계절이 여름에서 가을로 바뀌는 동안 내가 수없이 되뇌었던 말이다. 학교에 가는 게 고통스러웠다. 나와 친했던 아이들이 많았지만, 그 누구도 나를 괴롭히는 그 아이에게 그러지 말라고 말하는 친구는 없었다. 싸움을 잘해 다들 겁내는 아이였기 때문이다. 선생님들은 성적만을 볼 뿐이었다. 그들의 관점에서 나는 아무런 문제가 없었다. 부모님도 내 일상에는 무관심했다. 학교에서 나는 혼자서 이 세상 전부와 맞서는 기분이었다. 누구도 나를 대신해 그 아이를 물리쳐줄 사람은 없었다.

캄캄한 암흑 속에 갇힌 것 같았다.

누구도 도와주지 않는다면, 나 스스로 해결해야만 한다고 생각했다. 언젠가는 그 아이와 싸워 보란 듯이 이기겠다는 생각으로 팔굽혀펴기를 하고 발차기를 했다. 숨이 턱까지 차오르도록 운동장을 뛰었고 철봉에 매달렸다. 내가 아무리 힘을 길러도 나보다 몸집도 훨씬 크고 어려서부터 유도를 배운 그 아이를 힘으로 이길 수 없다는 생각은 조금도 하지 않았다. 이길 수 없다고 하더라도 나는 이길 수 있다고 믿어야만 했고, 이겨야만 했다. 스스로 이겨내는 것 말고는 그 암흑에서 벗어날 수 있는 방법이 없었기 때문이다.

그즈음부터 나는 밤늦게 아무도 없는 산길을 천천히 걷기 시작했다. 뛰어갈 수도 있었지만 나는 천천히, 아주 천천히 걸었다. 걸으면서 나는 어둠을 하나하나 들여다봤다. 어둠은 나를 삼켜버릴 정도로 무서웠다. 하지만 매일 그 아이를 만나는 일은 그보다 더 무서웠다. 어둠을 이겨내지 못하면 그 아이를 이겨낼 수 없을 것이라는 절박감이 나를 그렇게 내몰았다.

가장 견디기 힘든 순간은 어둠 속에서 걷는데 멀리 불빛이 보일 때다. 당장이라도 그 불빛 속으로 뛰어가고 싶었지만 꾹 참고 천천히 걸었다. 왜 어둠 속을 그렇게 천천히 걸어야만 하지? 그런 의문을 품어본 적은 없었다. 지금 생각하면 이상하다. 왜 그런 생각도 하지 않았을까? 왜 그래야만 하는지도 모르고 어둠 속을 천천히 걸어가야만 했던 그 중학교 2학년생을 생각하면 지금도 가슴이 아리다.

나는 김시습을 잘 모른다. 『금오신화』를 지은 사람이라는 것, 다섯 살 때 시를 지어 세종대왕을 깜짝 놀라게 해 '김오세金五歲'라는 별명을 얻은 사람이라는 것 정도를 알 뿐이다. 하지만 그가 「밤이 얼마나 되었는가夜如何」라는 시를 썼다는 것만은 알고 있다. 이 시는 이렇게 시작한다.

밤이 얼마나 되었는가, 아직 절반도 못 되었네.
뭇별들이 눈부시게 빛을 내누나.
깊은 산 그윽한 골짜기 어둡기만 한데
그대는 어이해 이 고장에 머무는가.
夜如何其夜未央　繁星粲爛生光芒
深山幽邃杳冥冥　嗟君何以留此鄉

김시습은 이 시에서 '杳冥冥(묘명명)'이라고, 그러니까 '어둡고 어두울 정도로 어둡다'며 세 번이나 어둡다는 말을 썼다. 김시습이 맞닥뜨린 어둠은 과연 어떤 것이었을까? 스물한 살 시절 삼각산에서 글을 읽다가 수양대군이 나이 어린 단종에게서 정권을 탈취했다는 소식을 듣고 사흘이나 두문불출한 다음에 통곡하고 책들을 모두 불살랐다고 하니 책 따위로는 이해할 수 없는 어두운 시대를 일컫는 것일까? 얼마만큼 어두웠기에 '어둡고 어두울 정도로 어둡다'라고 쓸 수 있을까? 그 문장을 읽는데, 내게도 그처럼 어둡고 어두울 정도로 어두운 시절이 있었다는 사실이 떠올랐다.

김시습이 맞닥뜨린, 어둡고 어두울 정도로 어두운 밤은 아니었지만 중학교 2학년 시절 나도 어둡고 어두운 어둠을 본 적이 있었다. 그 어둠을 보지 못했더라면 나는 '지금의 나'의 아주 하찮은 조각에 지나지 않았을지도 모른다. 어둠을 똑바로 바라보지 않으면 그 어둠에서 벗어날 수 없다는 것, 제 몸으로 어둠을 지나오지 않으면 그 어둠에서 벗어날 수 없다는 것, 어둡고 어두울 정도로 가장 깊은 어둠을 겪지 않으면 그 어둠에서 벗어날 수 없다는 것. 그건 중학교 2학년생에게는 너무 가혹한 수업이었지만, 내 평생 잊히지 않는 수업이기도 했다.

매실은 신맛을 남겨 이가 약해지고

1983년 8월, 나는 서울 여의도에 있었다. 당시 여의도는 여러 가지 일 때문에 상당히 복잡했다. 가장 큰 일이라면 이산가족을 찾겠노라며 KBS로 몰려든 사람들이 온갖 종류의 벽보를 붙여놓은 일이었다. 그건 정말 대단한 광경이었으나, TV에서 본 장면을 직접 본다는 것 외에는 별다른 감흥이 들지 않았다. 그도 그럴 것이 나는 서울에 처음 놀러 간 소도시 중학생이었다. 그것 말고도 볼 게 너무나 많았다.

내 마음을 뺏은 것은 거기에서 몇백 미터 떨어진 곳에서 열린 '83 로봇 과학전'이었다. 그때만 해도 민해경의 노래 가사처럼 서기 2000년이 오면 우리는 로켓 타고 멀리 저 별 사이를 날 줄 알았다. 싸바 싸바 노래하며. 〈소년중앙〉에 김정흠 박사가 쓴 것처럼 TV는 신문을 인쇄해내고 기차는 자기력으로 30센티미터 가량 부양해서 움직일 줄 알았다.

하지만 1983년 여의도의 로봇들을 바라보노라니 의구심이 무럭무럭 피어올랐다. 그 로봇들은 삼류 스탠드바를 연상시키는 조명 아래에서 뻣뻣한 자세로 서서는 앞에 사람이 있건 없건 팔을 내밀면서 "안녕하세요?"라고 말을 걸고 있었다. 그것들에게 과연 요리나 청소를 시킬 수 있을 것인지 따져보느라 내 머릿속이 적잖이 복잡했다.

그런 로봇들을 보겠다고 모여든 아이들로 행사장 안은

만원이었다. 구경하는 내내 덥고 목이 말랐다. 아버지가 하도 강권해 간신히 팔을 흔드는 빨간색 로봇 앞에서 사진을 찍었다(나중에 인화해보니 플래시가 터지면서 초점이 뒤쪽의 로봇에게 맞춰졌기 때문에 얼굴이 하얗게 지워진 내가 오히려 로봇처럼 찍혔다). 흥미가 떨어지면서 로봇보다는 뭘 좀 먹고 싶다는 생각이 들었다. 그런데 주위를 둘러보니 여의도는 황량했다. 가게는 잘 보이지 않았다. 대신 리어카를 끌고 다니는 아줌마들이 여럿 보였다.

그 리어카 앞에서 나는 난생처음 컵라면을 먹었다. 진짜 컵 모양으로 생긴 라면이었다. 처음에는 스프를 별도 포장하지 않고 그냥 면에 뿌려놓았기 때문에 포장을 뜯어내 노란 주전자에 든 뜨거운 물을 부으면 끝이었다. 그렇게 컵라면을 받아와 시계를 들여다보며 3분을 기다렸다. 내 인생에서 가장 길었던 3분. 먼저 물을 받은 사람들이 여기저기 아스팔트 위에 쭈그리고 앉아 휘어진 나무젓가락으로 라면을 먹고 있었다. 어서 3분이 지나 나도 빨리 컵라면을 먹고 싶었다.

그다음 날인가, 아버지와 택시를 타고 남산타워에 갔다. 남산타워에 도착하자, 아버지는 택시기사가 일부러 돌아서 왔다며 택시비를 다 줄 수 없다고 소리쳤다. 두 사람은 서울역에서 남산타워까지 가는 최단경로를 놓고 실랑이를 벌였다. 함께 간 서울 아저씨가 그냥 돈을 내자고 했다. 그 복잡한 길을 두고 택시기사와 논쟁을 벌일 수 있는 아버지가 정말 대단해 보였다. 하긴 아버지는 기차 시간이 남으면 택시를 타고 북악스카이웨이를 드라이브하고 돌아오던 분이었으니까.

남산타워에 올라가 서울 풍경을 둘러보고 다시 내려왔더니 아주 길게 사이렌이 울렸다. 민방위 훈련인가 했더니, "이것은 실제 상황입니다"라는 방송이 요란하게 울려 퍼졌다. 실제 상황은 또 뭔가? 아버지와 서울 아저씨의 표정이 금세 어두워졌다. 그분들은 실제 상황이 어떤 것인지 경험해봤으니까. 나는 남산타워 밑 나무 그늘에 앉아 아이스크림을 먹으며 전쟁이 일어난다면 어떻게 될까, 만약 우리가 이산가족이 된다면 고향의 형과 누나도 내 몸에 있는 흉터의 위치를 적은 종이를 KBS 본관 벽에 붙여놓을까, 그런 생각을 했다.

실제 상황이 벌어진 남산 나무 그늘에 앉아 나는 서기 2000년이 되려면 얼마나 많은 시간이 흘러야 할 것인가 생각했다. 돌이켜 생각해보니 그건 대략 1983년 여의도에서 컵라면이 익기를 기다리는 3분 동안의 시간과 비슷했다. 3분은 그처럼 길었고 서기 2000년은 이토록 빨리 찾아왔으니까. 거참, 지난날이란 때로 낮에 꾸는 꿈과 같기도 하구나. 양만리라는, 참으로 기나긴 이름의 송나라 시인은 「한가로운 초여름에 낮잠 자고 일어나다閒居初夏午睡起」란 시에서 이렇게 노래했다.

매실은 신맛을 남겨 이가 약해지고
파초는 푸르름을 나누어 비단 창문을 물들인다.
해는 길어 낮잠 자고 일어났으되 무료하여
아이들이 버들꽃 잡는 것을 한가로이 바라본다.
梅子留酸軟齒牙　芭蕉分綠與窓紗
日長睡起無情思　閑看兒童捉柳花

매실주를 마셨고 신맛은 입안에 남았고 이는 약해지고……. 파초는 비단 창문에 푸른 그림자를 드리우고 해는 길어 자고 일어났는데도 날은 환하고 아이들은 버들꽃 잡으러 다니고……. 그런 줄도 모르고 싸바 싸바. 서기 2000년이 영영 오지 않을 것처럼 싸바 싸바. 컵라면이 익기만을 기다리던 그 3분만큼이나 빨리 17년이 흘러갈 줄은 미처 생각하지도 못하고 싸바 싸바.

봄빛이 짙어지면 이슬이 무거워지는구나. 그렇구나. 이슬이 무거워 난초 이파리 지그시 고개를 수그리는구나. 누구도 그걸 막을 사람은 없구나. 울어도 좋고, 서러워해도 좋지만, 다시 돌아가겠다고 말해서는 안 되는 게 삶이로구나.

검은 고양이의 아름다운
귀울림 소리처럼

초등학교 시절이었다. 이상한 일이지만, 동네의 형과 누나 들은 수학여행만 다녀오면 달라졌다. 그들은 더 이상 우리와 놀지 않았다. 골목에는 조무래기들만 모여 형이나 누나가 수학여행지에서 사온 신기한 선물들에 대해 떠들었다. 어둠 속에서 빛을 내는 야광 석굴암, 새총처럼 생겨 양옆의 작은 기둥을 조였다 풀면 저절로 체조를 하는 나무인형, 갑자기 효자 효녀라도 됐다는 듯이 부모님을 위해 사들고 온 싸구려 술과 그만큼이나 값싼 반지, 손으로 맨 위 계단에서 그다음 계단으로 윗부분을 내려놓으면 그다음부터는 제 혼자서 계단을 내려가던 스프링처럼 생긴 장난감 등등.

형과 누나 들이 빠져나가고 나면 한동안은 노는 게 신통찮았다. 오징어 잡기나 강 건너기의 선수들이 사라졌으니 새로운 강자가 나타나 놀이판을 평정하기까지는 어느 정도 시간이 걸릴 수밖에 없었다. 하지만 곧 새로운 형과 누나 들이 그 자리를 대신하게 마련이었다. 그즈음이면 수학여행을 다녀온 형과 누나 들은 중학교에 들어가 교복을 입고 어두운 길만 밟고 다녔다. 그 어두운 길의 검은 교복들은 그들이 이제 다시는, 절대로, 무슨 일이 있어도, 우리와는 오징어 잡기나 강 건너기를 하지 않으리라는 걸 암시했다. "어텐션, 플리즈. 바우!Attention, please. Bow!"의 세계로 그들이 넘어갔다는 뜻이었다.

그리하여 나도 얼른 6학년이 되어 수학여행을 가리라 결심했다. 간절히. 손꼽아. 그리고 세월은 흘러갔다. 책을 사고 싶으니 돈을 달라고 말하면 늘 돈과 함께 나오던 엄마의 한숨마냥 느릿느릿. 읽은 책을 다시 읽고 또 읽고 또 읽는데도 쉽게 바뀌지 않는 계절처럼 느릿느릿. 그렇게 천천히 세월이 흐르고 나자, 나도 동네 꼬마 녀석들의 부러움을 한 몸에 받으며 수학여행을 가게 됐다. 재촉하는 만큼 빨리 흐르지는 않는다고 해도 나이가 들고 싶다는 아이의 소원쯤이야 얼마든지 들어준다는 것. 삶이 너그러운 건 그때뿐이다.

수학여행은 경주에서 1박한 뒤, 부산을 거쳐 고향인 김천으로 돌아오는 일정이었다. 뭘 봤을까? 불국사, 석굴암, 천마총 같은 것은 하나도 기억에 남지 않았다. 대신 친구들과 함께 올라탄 새벽 완행열차와 목이 싸한 사이다와 더럽기 짝이 없는 이불에 천장이 울퉁불퉁했던 방에서 수십 명씩 잤던 일, 잠든 친구의 얼굴과 사타구니에 사인펜으로 낙서를 한 일, 그리고 결코 잊지 못할 도시락, 대패로 얇게 잘라낸 나무 조각으로 만든 도시락, 먹으면 식중독에 걸린다고 해서 부잣집 애들은 그냥 버리던 그 도시락만 기억에 남았다. 수학여행이 그런 것인 줄은 전혀 상상하지 못했다.

경주에서 다시 기차에 올라타려는데 선생님이 상기된 표정으로 말했다. "지도를 떠올려봐라. 지금 우리는 기차를 타고 동해를 따라 내려간다. 조금 있으면 바다가 우리 눈에 보일 것이다. 어느 쪽에 앉아야 바다가 보이겠느냐?" 왼쪽이다, 아니다, 오른쪽이다. 아이들의 의견은, 당연하지만 양분됐다. 아이들은 OX 문제를 푸는 것처럼 저마다의 답안에 따라 양옆에 앉았다. 그때까지 바다를 본 아이는 거의 없었다. 하지만 기차가 출발하고 얼마 지나지 않아 아이들은 바다 생각은 까맣게 잊어버리고 오징어땅콩이나 묵찌빠나 〈소년중앙〉의 세계로 빠져들었다.

그때다. 누군가 "바다다"라고 소리쳤다. 떠들어대던 아이들이 모두 왼쪽으로(맞습니까, 선생님?) 몰려갔다. 정말 바다였다. 바다라는 게 그런 것인 줄은 정말 몰랐다. 나는 기차 통로에 한참이나 서서 멍하니 바다를 바라봤다. 바다가 그렇게 큰 것인 줄 알았다면 마음의 준비라도 하고 있을걸. 나는 느닷없이 "바다다"라고 소리친 아이가 원망스러웠다. 초등학교 6학년 봄, 그렇게 나는 바다를 만났다.

그리고 얼마 뒤, 나도 중학생이 됐다. 이제는 더 이상 동네 꼬마 녀석들과 어울리지 않았다. "아임 탐. 아임 어 스튜던트. 유 아 제인. 유 아 어 스튜던트" 하고도 "투!"의 세계로 들어갔다. 교집합과 합집합과 여집합과 공집합의 세계에서 다시는 빠져나오지 못했다. 하지만 자율화 덕분에 교복만은 영영 입어보지 못했다. 그게 제일 아쉬웠으나, 어쨌거나 내 책꽂이에는 펼치면 〈우리는 중학생〉이라는 노래가 나오는 음악책이 꽂혀 있었다.

하지만 바다는, 그런 바다는 다시 보지 못했다. 그렇게 세월이 흐르고 나면 다시 돌이킬 수 없다는 것을 그때는 알지 못했다. 처음으로, "바다다"라는 말에 놀라던 그때로 이젠 돌아갈 수 없다. 그렇게 흘러간다. 세월은, 그렇게, 그렇게. 부드럽게, 따뜻하게. 일본 시인 기타하라 하쿠슈의 「세월은 가네」라는 시를 읽으면 가끔 아무런 후회도 없이, 아쉬움도 없이 세월을 보내던 그때 그 시절이 떠오른다. 내가 그리워하는 것은 그렇게 흘러가던 세월의 속도다. 그 시절이 결코 아니다.

세월은 가네. 붉은 증기선의 뱃전이 지나가듯.

곡물창고에 번득이는 석양빛,

검은 고양이의 아름다운 귀울림 소리처럼,

세월은 가네. 어느 결엔가, 부드러운 그늘 드리우며 가네.

세월은 가네. 붉은 증기선의 뱃전이 지나가듯.

다시 한번 그렇게 세월을 보낼 수 있다면. 간절히. 손꼽아. 수학여행을 기다릴 수 있다면. "어텐션, 플리즈. 바우!"의 세계를 소망할 수 있다면. 깜짝 놀라 바다를 바라볼 수 있다면. 그렇게 세월이 흐르고도, 나이가 들고도 후회하지 않을 수 있다면. 그럴 수만 있다면.

그대를 생각하면서도 보지 못한 채

초등학교 시절이고 1월이라면 대일밴드가 기억난다. 그 무렵이면 나는 늘 양쪽 복숭아뼈에 대일밴드를 붙이고 다녔다. 아픔을 참아가며 때에 절어 너덜너덜해진 대일밴드를 떼어내다 보면 겨울이 다 지나갔다. 새로 생긴 살은 다른 살에 비해 부드러웠다. 그 살을 바라보며 다음 해 겨울에는 대일밴드를 붙이지 않아도 될까, 그런 기대를 했다. 왜냐하면 다음 해 겨울에는 발이 더 자랄 것이었으므로. 내가 형에게 물려받은 스케이트는 내 발에 너무 컸으므로. 한 번만 얼음을 지치면 양쪽 복숭아뼈의 살갗이 벗겨졌으므로. 그 시절, 내가 제일 갖고 싶었던 것은 '복숭아뼈가 까진다는 게 무슨 의미지?'라고 순진무구하게 물어보는 듯 세련미가 넘치던 스케이트였다.

아침에 일어나 이불 속에서 눈을 뜨며 창문을 바라보면 그날 스케이트를 타러 갈 수 있는지 없는지 대충 짐작할 수 있었다. 양치식물 표본 같은 이상한 모양으로 유리창에 성에가 잔뜩 피어 올랐다면 겨우내 빈 논에 물을 받아 차려놓은 스케이트장에도 얼음이 알맞게 얼었다는 뜻이었다. 끙끙대며 얼어붙은 나무 창문을 열고 바깥 공기를 한껏 들이마시노라면 1월 새벽 공기에서는 후추처럼 매운 냄새가 나면서 콧구멍이 들러붙었다. 그런 날이면 스케이트를 챙겨 시 외곽에 있던 스케이트장까지 걸어갔다. 무거운 스케이트를 등에 둘러메고 총총걸음으로 군데군데 얼어붙은 길을 따라 걸어가던 일을 떠올리면 지금도 가슴이 설렌다.

한 번도 제 발에 맞는 스케이트를 신어보지 못했다는 것은 스케이트장에 가면서 느끼는 설렘이 스케이트를 경쾌하게 지치는 일에서만 비롯되는 것은 아니라는 뜻이다. 복숭아뼈에 대일밴드를 붙이고 얼음판을 지치다 보면 고통은, 그러니까 끊이지 않고 계속될 때 고통은 때로 감미로울 수 있다는 것을 안다는 뜻이다. 한 시간 정도가 지나면 발을 한번 내딛는 데도 꽤 많은 용기를 준비해야만 한다. 용기를 모은다. 고통이 잠시 찾아온다. 스케이트 날이 미끄러져 나가고 그 스피드를 즐기는 동안, 잠시 고통을 잊는다. 이윽고 나는 멈춰선다. 그리고 다시 용기를 모은다.

내게 스케이팅이란 이런 과정을 반복하며 걸어가는 것보다는 조금 더 빨리 앞으로 나아가는 일을 뜻했다. 내 발에 꼭 맞는 스케이트가 있었다면 스케이팅이 그처럼 복잡한 과정을 거쳐야만 즐길 수 있는 운동이 아니라는 걸 진작에 알아차렸을 테지만, 그랬다면 왜 고통은 때로 감미로울 수 있는 것인지는 알지 못했을 것이다. 날이 풀려 따뜻해지는 날에는 오전 10시쯤이면 빙판의 가장자리부터 얼음이 녹기 시작했다. 그러면 대부분은 빠져나오고 스케이트장에는 주인 아저씨의 경고도 무시한 채 얼음이 녹거나 말거나 계속 스케이트를 타는 고등학생들 서너 명만 남았다. 그렇게 스케이트를 벗고 한쪽에 피워놓은 장작불에 상처투성이 언 발을 녹이고 나면 집으로 돌아갈 시간이었다. 집으로 가는 길은 다리에 힘이 빠지고 콧물이 줄줄 흐르는 길, 멀고도 춥기만 한 길이었다.

그러던 어느 날이었다. 누나가 어디 가서 뭘 좀 먹고 가자고 했다. 초등학교 시절이고 1월이고 스케이트를 타고 집으로 돌아가는 길이라면 그보다 더 듣기 좋은 말이 어디 있었겠는가! 누나는 당시 고향 중심가에 있던 2층짜리 백화점 한쪽 분식 코너로 우리를 데려갔다. 아마도 누나는 몇 번 가본 모양이었다. 분식집의 요리들, 그러니까 우동, 김밥, 어묵 등은 나도 한 번쯤은 맛본 음식이었다. 하지만 그날 누나는 색다른 이름의 음식을 주문했다. 떡볶이라고 했다. 그날 나는 떡볶이를 처음 먹었다. 매웠을까? 모르겠다. 기억나지 않는다. 어쨌든 지금까지도 나는 떡볶이를 좋아한다. 그러니 어느 틈엔가 나는 그 매운맛도 때로는 감미로울 수 있다는 사실을 배웠을 것이다. 그래서 떡볶이라면 그저 1월과 내 발보다 훨씬 더 큰 스케이트와 너덜너덜해질 때까지 양쪽 복숭아뼈에 붙이고 다녔던 대일밴드가 제일 먼저 떠오른다.

그 시절, 떡볶이는 지금처럼 맵지 않았다. 그러다가 즉석 떡볶이가 등장하고 모든 게 바뀌었다. 내가 고등학생이 될 무렵부터 소금구이 집에서나 볼 수 있었던 가스 화로를 식탁에 턱 하니 올려놓은 분식집들이 하나둘 생기기 시작했다. 서울에서 대유행이라는 즉석 떡볶이를 판매하기 위해서였다. 다들 알겠지만, 즉석 떡볶이란 분식집에서 제공한 재료로 손님들이 직접 요리해 먹는 음식이다. 요리라고는 하나 떡, 채소, 어묵, 양념, 육수 등의 양을 모두 정량화해서 내놓기 때문에 떡이 눌어붙지 않게 국자를 젓기만 해도 그럴듯한 떡볶이를 만들 수 있었다.

한번은 근처 여고에 다니던 여학생과 그 즉석 떡볶이를 먹으러 간 적이 있었다. 여고 문예반에서 활동하며 시를 쓰던 친구였다. 어느 가을날, 그 문예반이 시 문화원에서 시화전을 개최한다는 소식을 들었다. 수업이 끝나고 다른 친구들과 함께 찾아갔더니 그 아이의 시도 벽에 걸려 있었다. 나는 전시장 안에서 그 아이를 발견해 다가갔다. 잠깐 얘기 좀 하자고 말한 뒤, 문화원 뒤뜰에서 사귀고 싶다고 고백했다. 그 아이의 눈이 동그래졌다. 그럴 수밖에. 그때 우리는 고작 고등학교 1학년에 열일곱 살이었으니까. 뒤뜰에서 돌아오니 같이 간 친구들이 어떻게 됐느냐고 내게 물었다. 나는 으스대는 말투로 승낙을 받았다고 대답했다. 열일곱 살, 누군가의 한마디에 세상 모든 것을 다 얻은 듯한 기분이 들었다.

그 아이와 둘이서 즉석 떡볶이를 먹었다. 재료가 담긴 큰 냄비를 가스 화로 위에 올려놓고 잘 이어지지 않는 대화를 나눴다. 낯선 사람을 알아간다는 것, 그리하여 그 사람에 익숙해진다는 것은 결코 쉬운 일이 아니었다. 무슨 말을 하고 나면 '아차, 이 얘긴 하질 말걸' 이런 후회가 들었다. 그건 그 애도 마찬가지였으리라는 생각은 그로부터 오랜 시간이 지난 뒤에야 하게 됐다. 워낙 더운 날이었기 때문인지, 가스불이 우리 둘 사이에서 맹렬하게 타올랐던 것인지, 아니면 떡볶이가 매워서 그랬는지 꽤나 땀을 흘린 기억이 난다.

서로 할 말이 없어 이제 다 된 것인가 아닌가 토론하다가 먹어야 할 시점에 이른 뒤에도 눈치만 본 끝에 국물이 졸아버리면서 당면이나 라면이며 떡이 퉁퉁 불어버렸다. 반 넘게 남겼던 것 같다. 친구들과 함께 먹을 때는 음식을 남긴다는 건 있을 수 없는 일이었다. 아마 그건 그 아이도 마찬가지였을 것이다. 하지만 어쩐 일인지 둘이서 먹었더니 반 이상이 남게 됐다.

"이거 어떻게 된 일이지? 나 떡볶이 잘 만드는데, 오늘은 잘 안 되네."

그 아이가 난처한 표정으로 말했다.

"물을 부으면 돼."

나는 가게 아줌마에게 물을 달라고 했다. 그 아이는 내가 하는 품을 그냥 지켜봤다. 나는 불어 오른 채 말라가는 즉석 떡볶이에 뜨거운 물을 부었다. 결과는 더욱 비참했다. 손가락 두 개 정도의 굵기가 된 하얀 떡들이 물 위를 둥둥 떠다녔다.

서울에서야 얼마나 많은 인기를 끌었는지 모르겠으나 지방 소도시의 열일곱 살 남자아이와 여자아이의 첫 만남에 즉석 떡볶이는 어울리지 않는 메뉴였다. 어울리지 않기로는 '이런 걸 사랑이라고 하는 것일까?'라는 의문만 내게 남겼을 뿐인 첫사랑도 마찬가지였다. 한동안 못 보면 보고 싶었고, 만나면 즐거웠다. 이런 걸 사랑이라고 하는 것일까? 하지만 거기에는 뭔가가 빠져 있는 듯했다. 지금 생각하면 만나면 만날수록 괴로워지는 어떤 것, 괴로우면 괴로울수록 감미로워지는 어떤 것, 대일밴드의 얇은 천에 피가 배어드는 것을 느끼면서도 스케이트를 지칠 수밖에 없는 어떤 마음, 그런 마음이 없다면 사랑이라고 부를 수 없는 게 아닌가 싶기도 하다.

그 아이와는 고등학교 3학년 가을 무렵에 헤어졌다. 2년 정도 우리는 학교에서나 집에서나 공식적인 커플로 지냈다. 그러다가 어느 밤에 집 앞까지 찾아가 장미꽃을 내밀며 그만 만나자고 말했다. 유치하기 짝이 없는 일이었다. 장미꽃은 왜 들고 갔을까? 그건 나도 모르겠다. 그 아이도 왜 받아야만 하는지도 모르면서 그 꽃을 받아들었다. 그 아이의 안색이 그믐밤보다도 더 어두워졌다. 그건 전혀 유치해 보이지 않았다. 내가 또 대단히 큰 실수를 저질렀구나 하는 자책이 들었다. 하지만 실수를 저지르는 것보다 돌이키는 것을 더 부끄럽게 여기던 시절이었다. 왜 그렇지 않겠는가? 기껏해야 나는 열아홉 살이었는데. 한동안 그 아이가 미친 듯이 보고 싶다가, 또 얼마간은 문득문득 생각이 나다가, 결국에는 잊혀졌다. 복숭아뼈의 그 상처처럼 얼마간은 마음 한쪽에 쓰라리게 남아 있더니 어느 틈엔가 흔적도 없이 사라졌다. 그러나 둘이서 힘을 합쳐 만들었던, 이 세상에서 제일 맛없던 그 즉석 떡볶이만은 여태 잊혀지지 않는다. 어색함과 순진함과 내숭과 부끄러움 등으로 만들었던 그 즉석 떡볶이만은.

평생 한 가지 일에만 몰두한 사람이라면 누구나 젊은 사람들에게 들려줄 지혜가 하나쯤은 생길 것이라고 나는 믿는

다. 떡볶이라 하더라도 평생에 걸쳐서 먹게 되면 어떤 식으로든 깨달음은 들게 될 것이다. 나는 떡볶이를 먹으며 세상의 모든 것은 다 변한다는 깨달음을 얻었다. 처음에는 달콤했지만, 이내 매워지더니 결국 쫄깃쫄깃해졌다, 뭐 그런 식의 맛의 변천사를 말할 생각은 아니다. 우리 얘기가 하고 싶어서다. 우리. 떡볶이를 사 먹는 우리 말이다.

지난 4년간 나는 술을 마시고 밤늦게 귀가할 때면 늘 원당 시내에 있는 분식집에 들러 떡볶이를 사 가곤 했다. 버스나 지하철을 타고도 한 시간은 족히 걸리는 귀갓길이라 집에 도착할 즈음에는 배가 고팠다. 그럴 때 생각나는 게 바로 떡볶이였다. 대학 시절에는 신촌 전철역 부근의 포장마차에서 파는 떡볶이를 특히 좋아해 일부러 사서 버스를 타기도 했지만 언제부터인가 그 집에서만 떡볶이를 사기 시작했다. 대단한 맛은 아니다. 떡볶이에 포함된 여러 맛 중에서 씁쓸한 맛이 제일 강한 분식집 스탠더드 떡볶이일 뿐이다. 매운맛도 때로 감미로울 수 있다는 식의 깊이에는 훨씬 미치지 못했다.

처음 그 집에 떡볶이를 사러 갔을 때, 내게 떡볶이를 포장해준 사람은 고등학교에 다니던 그 집의 딸이었다. 교복 위에 앞치마를 두르고 있었으니 다른 사람에게는 큰 관심이 없는 나마저도 고등학생이라는 사실을 모를 수 없었다. 그리고 많은 일들이 있었다. 한때 나는 읽어야 할 책으로 불룩한 가방을 멘 잡지사 기자였다가, 한때는 시장에 간 아내를 기다리던 차 안에서 이제 더 이상 원고를 보내지 않아도 좋다는, 어느 백과사전 회사의 일방적인 계약 중단 통고를 받고 살아갈 일이 막막해 절망하던 전업 작가였다가, 또 한때는 소설을 위해 죽을 수는 있으나 그렇다고 굶어 죽을 수는 없는 일이 아니냐며 새 직장, 새 파티션이 설치된 사무실에 혼자 앉아서는 일주일 내내 책상 앞 파티션에 누군가 붙여둔 연예인 브로마이드만 하염없이 바라보던 과장이었다.

그러는 동안 떡볶이 가게의 그 친구는 나이가 들어 이제는 더 이상 교복을 입지 않고 있었다. 학교를 졸업한 뒤, 그녀는 본격적으로 가게 일을 도맡기 시작했다. 밤낮으로 가게를 지키는 것인지는 알 수 없었으나 술 취해 귀가하는 밤에는 꼭 그녀가 있었다. 처음 얼마간은 부모가 일을 가르치는가 싶더니 그 아이 혼자 남아 말라붙은 떡볶이 판에 물을 붓고 튀김용 기름의 온도를 맞추는 일이 잦아졌다. 내 삶은 정신을 차릴 수 없이 바빠졌다. 그즈음 아이가 태어났기 때문만은 아닐 테지만, 나는 조금씩 일하는 만큼만 돈을 받는 세계에 적응해갔다. 이 말은 곧 하루 종일 일한다는 뜻이었다.

그래서 가끔 술을 마시면 고주망태가 됐다. 그 지경이었으면서도 나는 꼭 그 집에 들러 떡볶이를 샀다. 마지막 남은 떡볶이일 때가 많았고 남은 게 없어 그냥 나오는 일도 있었다. 참 안됐구나. 하고 싶은 일도 많을 텐데. 혼자 일하는 그녀를 두고 가게를 나올 때면 그런 생각이 들곤 했다. 스무 살이거나 스물한 살이라면 벌써부터 새벽 2시까지 일하지 않아도 될 텐데……. 앞으로도 세상 살아가려면 힘든 일이 많을 텐데……. 지금은 친구들과 마음껏 밤거리를 활개 치고 다녀도 부족할 텐데……. 제 코가 석 자면서 나는 그런 걱정들을 했다.

손님이 무엇을 주문하느냐에 따라 순대도 잘라야 하고 기름에 튀김도 넣어야 하고 떡볶이에 뜨거운 육수도 부어야 했기에 그녀는 두 손을 자유롭게 사용하기 위해 일하는 동안에는 휴대폰을 목에 걸고 늘 오른쪽 귀에 이어폰을 끼고 있었다. 한번은 그 앞에 서서 비틀대며 떡볶이를 먹는데, 그녀에게 전화가 왔다. 대꾸하는 걸 들어보니 군대에 간 남자 친구가 취침 점호가 끝난 뒤, 공중전화로 건 전화였다. 힘들어 죽겠다. 보고 싶다. 전화 건 쪽에서는 무슨 말을 하는지 모르겠지만, 군대에서 거는 전화는 다 뻔하지 않겠는가. 그녀는 때로 달래는 목소리로, 때로는 다그치는 목소리로 말했다. "어휴, 조금만 지나면 다 나아지겠지. 원래 처음에는 다 그렇다잖아.” “그래, 휴가 나오면 내가 사줄게.” 이어폰이 있는 오른쪽으로 고개를 비스듬히 기울이고 그녀가 말했다. 그녀의 말을 들으며 떡볶이 한 그릇을 먹는 동안, 나도 위로받았다. 조금만 지나면 다 나아지겠지. 그렇겠지.

여전히 술에 취하면 나는 그 집을 찾아가 떡볶이를 산다. 내가 먹어본 최고의 떡볶이랄 수는 없다. 떡볶이에 포함된 여러 맛 중에서 쌉쌀한 맛이 제일 강한 분식집 스탠더드 떡볶이일 뿐이다. 하지만 그 집은 내 인생의 맛집이랄 수 있다. 처음 봤을 때만 해도 교복 차림의 여고생이던 그녀는 이제 이십 대 중반으로 넘어가고 있다. 맛과는 무관하게 떡볶이며 튀김이며 순대를 다루는 솜씨는 매우 탁월해졌다. 어떻게 무엇으로 바뀌든 바뀌어간다는 것, 그게 바로 인생의 맛이다.

내가 가장 좋아하는 이백의 시는 「아미산 달 노래峨眉山月歌」다.

아미산에 걸친 반 조각 가을 달
그림자는 평강강 강물에 비쳐 흐른다.
밤에 청계를 떠나 삼협으로 향하며
그대를 생각하면서도 보지 못한 채 유주를 내려간다.
峨眉山月半輪秋 影入平羌江水流

夜發淸溪向三峽　思君不見下渝州

　어쩌자고 삶은 그처럼 빨리 변해가는가? 어쩌자고 우리
는 열아홉 살에 헤어지게 된 것일까? 어쩌자고 모든 것은 조
금만 지나면 다 나아지는가? 어쩌자고 고통은 때로 감미로
워지는가? 내가 묻고 싶은 질문은 끝이 없으나 대답하는 이
는 아무도 없다. 밤에 청계를 떠나 삼협으로 향하며 그대를
생각하면서도 보지 못한 채 유주를 내려가는 이백처럼 질문
을 생각하면서 그 답은 알지 못한 채, 나 역시 술 취한 밤이면
여전히 떡볶이를 사러 인적 드문 시장 골목을 지나 그 집으로
걸어간다. 모르긴 해도 하늘에는 꽃 저문 자리마냥 별빛 조
각 몇 개 떠 있을 테고 어느 곳에선가에는 전화기를 붙잡고
우는 사람도 있을 테고.

외롭고 높고 쓸쓸한

'하쿄오토여 눈이 쌓인 그 위에 밤비가 오네下京や雪つむ
上の夜の雨'라는 건 일본의 하이쿠 시인인 노자와 본초와 마
쓰오 바쇼가 함께 지은 시다. 하이쿠의 뒷부분 열두 글자인
'눈이 쌓인 그 위에 밤비가 오네'를 먼저 지어놓은 노자와 본
초가 앞의 다섯 글자를 어떻게 할까 고민하는 걸 보고 마쓰오
바쇼가 '하쿄오토여'라고 시작하라고 권했는데, 그게 그만
대성공을 거뒀다고 한다.

　하쿄오토란 교토 남쪽의 서민 동네를 가리킨다. 흔히 시
타마치라고 해서 사람들로 북적대는 동네다. 그 동네에 하
루 종일 눈이 내리더니 기온이 오르면서 밤에는 비로 바뀌었
다. 아이들은 저녁답까지 눈싸움을 하다가 이젠 지쳐 곯아떨
어졌겠다. 밤이 이슥하도록 남편과 아내는 빗소리에 잠들지
못하고 이런저런 얘기를 나눌 것 같다. 눈이 쌓인 그 위에 내
리는 밤비 소리가 한없이 따뜻해지지 않을 수 없다. '하쿄오
토여'라고 붙이는 것만으로 대성공을 거둘 수 있었던 까닭은
이 때문이다.

　눈 위에 내리는 비라면 나도 일가견이 있다. 내가 자란
고향은 대나무의 북한계선 바로 밑이다. 다 자란 대나무의
굵기가 겨울철이면 방앗간에서 뽑아오는 가래떡 정도였다.
그런 지방이라면 겨울에도 눈 구경하는 일이 쉽지 않다. 가

까스로 소백산맥을 넘어왔다고 해도 눈구름은 맥이 별로 없었다. 온화한 날씨 덕분에 내렸다 하면 함박눈이지만, 대개 쌓이지 않고 그대로 녹았다. 중국 동북지방에 갔더니 날씨가 추워 싸락눈이 차곡차곡 쌓이는 것과는 참 달랐다.

어렸을 때의 일이다. 역시 쌓이지 않는 함박눈이 내린 날이었다. 나가 보니 지붕 위에는 조금씩 눈이 쌓이고 있었다. 그 눈을 마당에 쌓아두면 그 위에 떨어지는 눈송이는 녹지 않을 것 같았다. 나는 쓰레기를 치울 때 쓰는 부삽을 들고 담장을 밟아 지붕 위로 올라갔다. 그리고 눈을 맞아가며 지붕에 쌓인 눈을 부삽으로 마당에 던졌다. 그렇게 하니 마당에 눈 무더기가 쌓이기 시작했다. 그리고 나는 다시 내려왔다.

이제 눈 쌓이는 것을 감상하려고 방으로 들어가 미닫이 문을 열고 이불을 뒤집어쓴 채 눈 내리는 걸 지켜봤다. 그러나 눈은 쌓이기는커녕 점점 더 녹아 내렸다. 그러다가 눈은 눈은 아니지만 비도 되지 못한 어떤 것으로 바뀌었다. 그 탓에 내가 마당에 쌓아놓은 눈 더미도 모두 녹아버렸다. 더 기다릴 것도 없고 온몸이 노곤해진 나는 문을 닫고 잠을 잤다. 닫은 문이 바람에 덜컹거리는 소리에 깼을 때는 깊은 밤이었고, 이제는 겨울비가 내리고 있었다. 그렇게 눈이 내리다가 비로 바뀌는 일은 종종 있었지만, 반대의 경우는 잘 없었다.

그게 내가 자란 고향의 풍토였다. 그래서 '눈이 쌓인 그 위에 밤비가 오네'라고 한다면 나는 그 풍경을 너무나 잘 떠올릴 수 있다.

함박눈이 내리다가 어느 틈엔가 비로 바뀌는 풍경을 바라볼 때는 몸이 예민해져야만 한다. 그 순간을 포착하려면 눈뿐만 아니라 귀도 열어둬야 한다. 모자를 뒤집어쓰고 밖에서 놀던 아이들이 서둘러 집으로 돌아오는 게 보이면, 혹은 처마 밑으로 떨어지는 물소리가 문득 커지면, 바로 그 순간 눈은 비로 바뀐다. 눈이 비로 바뀌는 그 짧은 순간에도 아이들은 조금씩 자란다. 내게 겨울이라면, 겨울방학이라면 그런 의미다.

겨울방학에는 아무것도 하지 않고 지내는 시간이 많았다. 방학 숙제도 하지 않고, 나가서 놀지도 않고. 그저 아랫목에 가만히 누워 멍하니 벽지의 사방연속무늬를 바라본다거나 형광등 갓을 지켜본다거나, 그것도 아니라면 창밖의 바람 소리에 귀를 기울이는 일이 많았다. 반쯤 잠들고 반쯤 깨어 있는 상태. 아직 한 학년은 끝나지 않았고 새로운 학년은 시작되지 않은 애매한 상태. 더없이 외롭고 높고 쓸쓸한 시간. 겨울방학이란 그저 반쯤은 노곤하고 반쯤은 쓸쓸한 시기다.

내가 황금 탄환을 생각하는 것은 바로 그럴 때다. 중국

서한 시대의 일들을 기록한 『서경잡기西京雜記』에 보면 '한
언'이라는 사람이 등장한다. 총명하고 말타기와 활쏘기에 뛰
어났다던 한언은 탄환을 시위에 매겨 쏘는 활인 탄궁 쏘기를
즐겼는데, 항상 황금으로 탄환을 만들었다고 한다. 아이들은
겨울이면 한언을 따라다니면서 탄환이 떨어진 곳을 바라보
고 있다가 바로 주웠다고 한다. 그래서 장안 사람들은 그 일
을 두고 이렇게 말했다.

　　배고픔과 추위에 고달프면 황금 탄환을 좇아라.
　　苦饑寒　逐金丸

　　내가 사는 세상 어딘가에도 한언의 황금 탄환 같은 게 있
을 것이라고 나는 생각한다. 겨울이면 여전히 외롭고 높고
쓸쓸한 가운데 이 세상 어딘가에 있을 황금 탄환을 생각한다.
배고픔과 추위에 고달프면 황금 탄환을 좇아라. 가장 낮은
곳에 이르렀을 때, 산봉우리는 가장 높게 보이는 법이다. 그
리고 삼나무 높은 우듬지까지 올라가본 까마귀, 다시는 뜰로
내려앉지 않는 법이다. 지금이 겨울이라면, 당신의 마음마저
도 겨울이라면, 그 겨울을 온전히 누리시길. 가장 낮은 곳에
이르렀다면, 이제는 높이 올라갈 수 있을 테니까.

이슬이 무거워 난초 이파리
지그시 고개를 수그리고

서울 아저씨는 내게 당숙이 되시는 분이었다. 당숙이라고는 하지만 서울 아저씨와 나는 나이 차이가 갑甲을 한 번 돌 만큼 많았다. 어릴 때만 해도 집안의 막내인 우리 아버지에게 절하는 친척 노인이 많을 정도로 항렬을 꼭 따지는 분위기였다. 당연히 서울 할아버지라고 불러야 할 터인데, 머리가 희끗희끗한 그분을 나는 꼭 아저씨라고 불렀다.

시골에서 자라는 아이는 응당 그럴 테지만, 나는 서울 아저씨가 너무 좋았다. 우선 서울에서 내려온 분이라는 게 마음에 들었고 서울말이 너무나 신기했다. "연수 왔니? 뭐 하고 놀았어?" 아버지와 두 분이서 술을 드시는 동네 식당에 뭐 얻어먹을 게 있을까 싶어 찾아가면 그분은 늘 웃으며 그렇게 물었다. 그건 도저히 흉내 낼 수도 없는 말투였다. 서울 아저씨의 말투나 늘 농담을 던지는 낙천적인 처신에는 뭐라고 표현할 수 없는, 도회지의 세련된 느낌이 있었다. 그래서 나는 좋았다. 서울 아저씨의 모든 게 좋았다.

서울 아저씨의 아이들, 그러니까 나와는 또 서른 살 이상 차이가 나는 육촌들은 서울에서 살고 있었다. 사위는 국회의원이었다. 우리 친척 중에서는 가장 성공한 집안이었다. 그렇게 되면 다른 친척과는 왕래가 뜸해지게 마련이다. 서울 아저씨와 우리 집 사이도 그럴 만했는데, 자식들을 다 키운 서울 아저씨가 김천으로 내려오시면서 더없이 가까워졌다. 김천에서 서울 아저씨는 폐차 처분을 받은 픽업트럭을 불법으로 몰고 다니면서 고물상 비슷한 걸 하셨다. 정확하게 무슨 일을 하셨는지 모르겠다. 아무튼 서울 아저씨 내외가 살던 근교 농가에 가면 이상한 기계 같은 게 많았다.

형제들을 일찍 잃은 아버지는 서울 아저씨를 꽤나 따랐다. 사십대 시절 아버지는 눈물도, 설움도 많은 사람이었는데, 그럴 때면 서울 아저씨가 아버지를 때로는 달래기도 하고, 때로는 윽박지르기도 하고, 때로는 놀리기도 했다. 알 빠진 플라스틱 주렴이 한가롭게 흔들리는 뒷골목 식당 자리에 앉아 두 분이 재미나게, 참 재미나게 말씀하시는 것을 보고 있노라면 나도 어른이 되면 필시 저분들처럼 될 것이라는 생각이 들었다. 어스름이 내리는 동안 재미나게, 참 재미나게 얘기하면서 술 마시는 사람이 될 것이라고.

모두 일본에서 태어나 해방 지나 한국으로 돌아온 분들이었다. 어려서 귀에 딱지가 앉도록 그 삶에 대해 들었다. '대동아전쟁'이며 '여순반란'이며 '육이오동란' 같은 말들. 하지만 여전히 나는 그런 삶이 과연 어떤 것인지 잘 모른다. 일본말로 가기 싫다고 소리를 지르다가 결국 끌려 올라탄 귀국선에서 게딱지처럼 판잣집이 들어찬 부산 언덕배기의 풍경을 바라보던 열다섯 살 소년의 절망을 내가 이해할 방법은 없었다. 간신히 짐작할 뿐이었다. 삶은 주렴처럼 자주 흔들렸겠지. 사십대였던 아버지의 눈물과 설움이란 그런 것이었겠지. 하지만 그때 서울 아저씨가 있어 아버지는 사십대를 무사하게 넘어갈 수 있었다. 매일 저녁마다 고등어나 김치찌개 따위의 안주를 앞에 두고 재미나게, 참 재미나게 얘기하는 사촌 형이 있어서.

한번은 두 분이 술을 드시고 나서 아쉬움이 남아 서울 아저씨의 푸른색 고물 픽업트럭을 타고 그분의 시골집까지 간 적이 있었다. 서울 아저씨의 집은 김천의 큰 하천인 감천 물가에 있었다. 대구 방향으로 가다가 감천교를 건너 좌회전해 20분 정도 들어가면 그 집이 보였다. 나는 술이 거나하게 취한 두 분 사이에 앉아 있었다. 지금 같으면 음주운전으로 면허가 취소됐겠지만, 그때는 혈중 알코올 농도를 측정하는 기계도 없었고 단속하는 경찰도 없었다.

가로등이라고는 하나도 없는 비포장도로였다. 속도를 높이면 대화가 불가능할 정도로 낡은 차였던 데다가 불빛도 없고 먼지가 많이 일어 다른 차처럼 빨리 달릴 수는 없었다. 겨우 시속 2, 30킬로미터 정도로 느리게 운전했던 것 같다. 그런 길을 달리며 두 분은 친척들 얘기를 했다. 그러다가 내가 들으면 곤란한 어른들의 이야기, 예컨대 바람피우는 친척이나 돈 문제 같은 것을 말할 때면 두 분은 일본어로 말을 바꿨다. 시카시, 소노온나, 오카네 따위의 낯선 말을 들으며 나는 불빛을 받아 울퉁불퉁하게 보이는 시골길을 바라봤다. 여기가 강변도로보다 더 좋아. 그러는데 어느 결엔가 서울 아저씨가 그렇게 말하고 있었다. 서울 아저씨가 내게 던진 수많은 농담은 다 잊어버리고 말았는데, 웬일인지 그 말만은 지금껏 잊혀지지 않는다. 여기가 강변도로보다 더 좋아.

서울 아저씨는 내가 중학교 2학년이 되던 해에 돌아가셨다. 나와 가까웠던 사람 중에서는 처음이었다. 사람이 죽는다는 게 어떤 의미인지 알 수 없었다. 추석이 돼 선산에 갔더니 얼굴도 모르는 조상들의 산소 발치에 낯선 무덤 하나가 더 생겼다. 그해 추석에 나는 얼마나 울었는지 모른다. 아마 아버지는 속으로 더 많이 울었을 것이다. 하지만 이제 어르거나 달래줄 사람이 없어서인지 아버지는 표를 내지 않았다. 그 뒤로 힘든 일이 생길 때마다 '서울 아저씨라면 이럴 때 웃어넘겼을 거야' 그런 생각을 하곤 했다.

춘천 마라톤에 갔다가 차를 몰고 돌아오는데, 갑자기 어떤 깨달음이 머리를 스쳤다. 내가 지금 강변도로를 달려가고 있구나. 20여 년 전, 서울 아저씨가 말씀했던 그 강변도로구

나. 뭐, 이런 놈의 삶이 다 있을까? 어린 시절에 나는 빨리 커서 서울 아저씨가 말한 강변도로에 가고 싶었다. 그런데 이제 강변도로를 달리게 되니까, 그때 술 취한 서울 아저씨와 아버지 사이에 앉아 달려가던 시골길이 그리워지다니.

그리고 얼마 뒤, 성북동 간송미술관에서 추사 명품전을 한다는 신문 기사를 읽었다. 이때가 아니면 간송미술관의 아름다운 뜰을 볼 수 없기에 나는 바로 찾아갔다. 눈에 익은 추사 글씨를 둘러보다가 2층 한쪽에 걸린 난 그림을 보게 됐다. 이파리 세 개가 너무나 아름답게 종이를 가르고 있었다. 추사는 그 그림에다 다음과 같은 글을 적어놓았다.

봄빛 짙어 이슬 많고, 땅 풀려 풀 돋다.
산 깊고 해 긴데, 사람 자취 고요하니 향기만 쏜다.
春濃露重 地暖艸生 山深日長 人靜香透

나는 그 그림의 화제, '春濃露重(춘농로중)'을 몇 번이나 되뇌면서 성북동 고갯길을 걸어 내려왔다. 봄빛이 짙어지면 이슬이 무거워지는구나. 그렇구나. 이슬이 무거워 난초 이파리 지그시 고개를 수그리는구나. 누구도 그걸 막을 사람은 없구나. 삶이란 그런 것이구나. 그래서 어른들은 돌아가시고 아이들은 자라는구나. 다시 돌아갈 수 없으니까 온 곳을 하염없이 쳐다보는 것이구나. 울어도 좋고, 서러워해도 좋지만, 다시 돌아가겠다고 말해서는 안 되는 게 삶이로구나.

추사의 그림을 보지 않았더라면 나도 엉엉 소리 내 울었을지도 모른다. 저녁 어스름 무렵이면 뒷골목 식당 알전구 아래 앉아 두 분이서 재미나게, 참 재미나게 말씀하셨지. 서울 아저씨는 늘 웃으면서 농담을 하셨지. 봄빛이 짙어지면 이슬이 무거워지니까. 난초 이파리 지그시 고개를 수그리니까. 우리가 왜 살아가는지 이제 조금 알 것도 같다. 아니, 우리가 어떻게 살아가는지. 그렇게, 그냥 그 정도로만. 그럼, 다들 잘 지내시기를.

1981년 겨울,
나만의 스트로베리 필드에서

"바람도 차가운 날 저녁에, 그이와 단둘이서 만났네. 정답던 이 시간이 지나면 나 혼자 떠나가야 해."

초등학교 5학년의 늦가을이라면, 어느 저녁인가 어스름이 깔린 교정을 빠져나오며 그런 노래를 부르던 추억이 떠오른다. 혼자 걸어가니까 좀 무서웠던 것일까? 아니면 가을이란 쓸쓸한 계절이라는 걸 그때부터 알기 시작한 것일까?

"그대여, 그대여, 울지 말아요. 사랑은, 사랑은, 슬픈 거래요."

그런 가사가 이어졌는데, 슬픈 것이니 울지 말라는 그 말도 안 되는 위로가 무슨 뜻인지 알 것 같았다. 다른 친구들은 남궁옥분의 〈사랑 사랑 누가 말했나〉를 좋아했지만, 나는 이정희의 〈그대여〉가 좋았다. 이정희라는 이름도 좋았고, '그대여'라는 말도 좋았다. "그대여, 그대여, 나를 보세요. 그리고 웃어요." 우는 사람에게 웃으라니……. 내게는 '웃프기만 했던' 1981년 가을은 그렇게 지나갔다.

그리고 아주 특별한 12월이 시작됐다. 그건 새로 나온 음료수 때문이었다.

당시의 음료수를 용기 위주로 분류하면, 콜라·사이다·환타·오란씨 등 유리병 계열과 바나나우유·삼강사와·

한국야쿠르트 등 플라스틱 계열로 나눌 수 있었는데, 새롭게 캔 계열이 등장한 것이다. 먼저 나온 건 쌕쌕오렌지였다. 기존의 오렌지 주스와 달리 쌕쌕에는 뭔가 씹히는 게 있었다. 그건 마치 작은 포도 통조림을 마시는 것 같았다.

그래서 쌕쌕은 고급 음료라는 느낌이 들었다. 그 특별함을 끝까지 맛보려면 다 마시고 난 뒤 캔 안에 남은 찌꺼기까지 먹어야 했다. 그러자면 입술을 모으고 남은 알갱이들을 빨아들여야만 했는데, 그러다 보면 캔 구멍에 혀가 닿게 마련이었다. 그 날카로운 단면에 혀가 베일 듯 아슬아슬한 느낌은 30여 년이 지난 지금까지도 혀끝에 남아 있다.

쌕쌕 같은 음료를 일반명사로는 과립형 오렌지 주스라고 불렀다. 하지만 가게에 가서 "과립형 오렌지 주스 하나 주세요!"라고 말하는 사람이 있을 리가 없다. 약국에서 "박카스 주세요!"라고 말하지, "자양강장제 주세요!"라고 말하지 않는 것과 마찬가지 이치다. 그렇기 때문에 뭔가 씹히는 맛이 있는 오렌지 주스가 필요하면 다들 "쌕쌕 주세요!"라고 말했다.

이런 사정은 후발 주자인 봉봉에게는 치명적인 약점일 수밖에 없었다. 봉봉으로서는 '과립형 오렌지 주스 쌕쌕'의 공식을 무너뜨려야만 시장에서 살아남을 수 있었다. 그래서 봉봉의 옛 CF를 보면 카피가 '봉봉 주세요'로 돼 있다는 걸 확인할 수 있다. 여기에다가 한 가지 더. 미제라면 양잿물도 마신다는 시절이었던지라 봉봉은 선키스트 오렌지로 만든다는 걸 강조했다. 은연중 쌕쌕보다는 서양 물을 더 먹은 오렌지라는 걸 강조함으로써 원조는 봉봉이라고 주장했달까.

바로 이 맥락에서 나는 봉봉 한 박스를 샀을 때 따라오던 카세트테이프의 정체를 간신히 이해할 수 있을 것 같다. 그렇지 않고서야 도대체 새로 출시하는 과립형 오렌지 주스의 사은품으로 존 레넌의 삶을 다루는 오디오 다큐멘터리를 줄 생각을 할 수 있을까? 그건 혹시 봉봉은 존 레넌의 음악을 듣는 사람들이 먹던 바로 그 선키스트 오렌지로 만드는 것이니까 쌕쌕과는 비교할 수도 없을 정도로 세계적인 과립형 오렌지 주스라는 점을 강조하기 위해서가 아니었을까?

존 레넌이 마크 채프먼에게 암살된 건 1980년 12월 8일이었다. 그리고 봉봉 오렌지가 출시된 건 그다음 해인 1981년 11월, 그러니까 사랑은 슬픈 것이니까 울지 말라고 내가 노래하고 다녔던 그 늦가을이었다. 봉봉 출시를 둘러싸고 기획회의를 할 때, 누군가 마음속으로 결심했을지도 모른다. 이 기회에 존 레넌이 누구인지 한국인 모두에게 알리고야 말겠어. 봉봉의 홍보 담당자 중에 존 레넌의 광팬이 있었으리라는 추측은 늘 나를 흥분시킨다. 왜냐하면 그 카세트테이프 덕분에 나는 존 레넌이라는 사람이 얼마 전까지 이 세상에 살았다는 사실을 알게 됐으니까.

그 테이프를 데크에 넣고 플레이를 시키면 제일 먼저 네 발의 총성이 울렸다. 확인해보지 않았지만, 네 발이 맞을 것이다. 그다음에는 송도순 씨라고 기억하는데, 어떤 여자 성우가 "존. 레. 넌."이라고 그의 이름을 또박또박 부른 뒤, 그가 어떻게 뉴욕의 자택 앞에서 죽었는지 설명했다.

그리고 그의 삶에 대한 이야기를 시작하기 전에 노래 한 곡을 들려준다. 〈Mother〉. 그 노래의 첫 음을 들었을 때의 느낌은 지금도 생생하다. '바람도 차가운 날 저녁에'라거나 '때로는 당신 생각에' 같은 도입부와는 완전히 느낌이 달랐다. 노래가 끝나자 성우는 그 가사를 우리말로 옮겼다. 그리고 내게 그 첫 음은 외로운 소년이 지르는 비명의 목소리로 영원히 남게 됐다.

어머니, 당신은 나를 가졌지만 나는 당신을 한 번도 가져본 적이 없어요. 나는 당신을 원했지만, 당신은 나를 원하지 않았어요. 그러니 이제 말해야겠어요. 안녕, 안녕이라고.

아버지, 아버지는 나를 떠났지만 나는 아버지를 한 번도 떠난 적이 없어요. 나는 당신이 필요했지만 당신에겐 내가 필요 없었죠. 그러니 이제 말해야겠어요. 안녕, 안녕이라고.

그러나 존 레넌의 팬이라면 다들 알겠지만, 이건 외로운 소년의 말이고, 그 속뜻은 후렴구에 나온다.

존 레넌을 알게 된 그해 12월에도 어김없이 크리스마스가 찾아왔다. 부모님은 김천역 앞에서 작은 제과점을 운영했는데, 크리스마스는 한 해 중 가장 큰 대목이었다. 1981년이라면, 개인이 운영하는 동네 제과점의 전성기가 시작될 무렵이었다. 그때부터 사람들은 생일과 크리스마스에는 으레 케이크를 사 먹는 것으로 여겼다. 밸런타인데이에는 초콜릿을, 화이트데이에는 사탕을, 입시철에는 찹쌀떡을 선물하는 풍습이 자리 잡기 시작한 것도 그다음부터다. 그렇게 10년 정도가 지난 뒤, 크라운베이커리나 파리바게트 같은 대기업의 프랜차이즈 제과점이 생기면서 동네 제과점의 짧은 전성기는 막을 내렸다.

그 짧은 전성기가 나의 성장기와 거의 일치했으니 제과점 아들로서 나는 행운아였다. 물론 단점도 있었다. 그건 크리스마스에도 부모님은 늘 가게를 지켜야만 했다는 점이었다. 대목이니 어쩔 수 없는 일이었으리라. 그래서 지금도 앨범을 들춰보면, 그 무렵의 크리스마스 사진에 부모님은 없고 우리 남매들뿐이다. 촛불을 밝힌 작은 케이크와 귤과 과자들. 어쩌면 나도 존 레넌을 따라서 한 번쯤 노래를 부르지 않았을까? 어머니, 당신은 나를 가졌지만 나는 당신을 한 번도 가져본 적이 없어요. 아버지······ 우리 집은 왜 장사 따위를 해서 남들 놀 때마다 일해야만 하는가요? 그런 밤에도 아버지와 어머니는 밤새 케이크를 팔았으리라.

존 레넌이 죽고 난 뒤, 그가 살던 뉴욕의 센트럴파크 한 귀퉁이에 '스트로베리 필즈'라는 이름이 붙여졌다는 사실은 나중에 직장에 다니고 나서야 알았다. 잡지사를 다니며 존 레넌에 관한 기사를 쓸 때였다. 당연히 1981년의 그 카세트테이프가 생각났다. 'Magical Mystery Tour'에 실린 노래 〈Strawberry Fields Forever〉에서 따온 이름이라고 한다. 하지만 거기를 보고 와서 〈Strawberry Fields Forever〉의 무대인 스트로베리 필즈를 보고 왔다고 말하면 좀 곤란하겠다. 진짜 스트로베리 필드(원래 이름은 Strawberry Field인데 존 레넌은 s를 덧붙였다)는 존 레넌이 불우한 어린 시절을 보낸 리버풀에 있으니 말이다.

1967년 앞뒤 두 곡 모두를 표제작으로 미는 더블A 싱

글로 출시된 'Strawberry Fields Forever/Penny Lane'은 비틀스 싱글 중에서 제일 뛰어나다. 차트 1위에 오른 〈Penny Lane〉이 대중들에게는 널리 알려졌지만, 비틀스 팬들은 8위에 머문 〈Strawberry Fields Forever〉를 더 좋아한다. 이 두 곡은 모두 리버풀에 대한 추억을 담았는데, 가사나 곡 스타일에서 알 수 있다시피 상당히 상반된 성향이다. 사실적인 가사에 익숙한 멜로디를 들려주는 〈Penny Lane〉은 폴 매카트니의 작품이고 사이키델릭한 음향에 몽환적인 가사의 〈Strawberry Fields Forever〉는 당연히 존 레넌의 솜씨다.

〈Strawberry Fields Forever〉는 정말 우여곡절이 많은 곡이었다. 내놓는 곡마다 1위에 올리는 아이돌 스타라는 정체성에 신물이 난 존 레넌은 자신을 돌아보는 의미로 어린 시절 자주 가서 놀았던 스트로베리 필드에 대한 가사를 썼고 한 달 동안 공들여서 곡을 만들었다. 처음에는 어쿠스틱 반주로, 그다음에는 폴 매카트니의 멜로트론과 조지 해리슨의 스와드만델라 반주로, 마지막에는 첼로와 브라스 반주로. 이 곡이 어떻게 발전하는지는 앨범 'Anthology 2'에 잘 나온다.

어쿠스틱 버전을 뺀 두 가지 버전을 들어본 존은 그 무엇도 마음에 들지 않았는지 노래가 밴드 버전으로 시작해 오케스트라 버전으로 끝나게 해달라고 프로듀서인 조지 마틴에게 부탁했다. 완성된 〈Strawberry Fields Forever〉의 실험적인 면모가 이렇게 시작됐다. 곡의 끝 부분에서 존 레넌은 뭐라고 중얼거린다. 당시 팬들은 이 부분에서 존 레넌이 "I buried Paul!", 즉 "내가 폴을 파묻었다"고 중얼거린다고 믿었다. 실제로 'Anthology 2'의 〈Strawberry Fields Forever Take 7〉을 들어보면 그렇게 들린다. 그러니까 폴 매카트니는 이미 교통사고로 사망했으며 가짜 폴 매카트니가 활동하고 있다는 소문을 낳은 중얼거림이었다.

존 레넌이 폴 매카트니를 묻어버리지는 못했지만, 속마음은 진짜 그러고 싶었을지도 모르겠다. 왜냐하면 존 레넌은 죽을 때까지도 폴 매카트니 때문에 이 곡을 잘못 만들었다고 후회했으니까. 존 레넌과 조지 마틴은 어쿠스틱 버전을 제일 좋아했다고 한다. 스트로베리 필드가 존 레넌에게 어떤 곳인지 안다면, 그 아쉬움도 이해할 만하다. 그에게 스트로베리 필드는 마음의 고향과 같았다. 선원의 아들 존 레넌이 태어났을 때, 그의 부모는 별거 상태였다. 이후 존은 미미 이모네에서 살았다. 〈Mother〉는 바로 이 일을 노래하고 있다.

어린 시절, 사실상 부모 없이 자라던 존 레넌을 매혹시킨 곳이 바로 1936년 구세군이 설립한 보육원인 스트로베리 필드였다. 미미 이모네에서 멀지 않은 그곳은 어린 존에게 비정상처럼 보이는 삶에서 벗어날 수 있는 놀이터와 같았다. 거기서는 무엇이든 가능할 것처럼 보였다. 존 레넌이 음악을 처음 배운 곳도 바로 스트로베리 필드였다. 미미 이모는 나중에 비틀스 전기 작가인 헌터 데이비스에게 이렇게 말했다. "구세군 밴드가 연주하는 음악 소리가 들려올라치면 존은 깡충깡충 뛰면서 소리쳤어요. '이모, 빨리 가요. 늦었잖아요.'"

'빨리 가요. 늦었잖아요.' 그건 크리스마스이브의 깊은 밤, 밀려드는 졸음에 시달리며 집에 가자고 엄마를 조르던 내 목소리인지도 모르겠다. 어려서 나는 엄마와 아빠를 제과점에 빼앗겨 부모의 사랑을 잘 받지 못하고 컸다고 생각했는데, 지금 와서 생각하면 그 시절의 나는 모든 것을 할 수 있었다. 아버지와 어머니가 나 대신에 그 많은 일을 했기 때문에. 또 나는 원한다면 어떤 사람이라도 될 수 있었다. 아버지와 어머니가 아버지와 어머니였기 때문에. 아버지와 어머니가 아버지와 어머니의 일을 하는 곳이 바로 아이에게는 낙원이겠지.

헨리 데이비드 소로는 어느 겨울날의 일기에 이렇게 썼다.

젊은이는 반신반인이다. 그러나 성인은, 아아, 한낱 인간에 지나지 않는다.

그렇다면 아이는 아직 낙원에서 살아가는 신일 것이다. 1980년대 초반 나의 낙원 시절, 존 레넌이 죽자 그가 살던 센트럴파크의 한쪽에 스트로베리 필즈라는 이름이 붙여졌고, 덕분에 나는 '엄마 가지 마, 아빠 집에 와'라고 절규하던 소년에게도 낙원이 있었다는 걸 알게 됐다. 부모 없이 이모네에서 자라는 어린 소년의 눈에 스트로베리 필드의 아름다운 정원은 낙원의 모습처럼 비쳤을 것이다. 존 레넌은 이 노래를 만들며 'Strawberry Field'에 '~s'를 덧붙여 노래를 듣는 사람 모두가 저마다의 스트로베리 필드를 가질 수 있게 만들었다. 그렇다면 1981년 겨울의 나 역시 나만의 스트로베리 필드에서 살았다고 말할 수 있겠다. 적어도 봉봉 사은품으로 존 레넌 이야기를 들으면서 자란 아이였다면 말이다.

스무 살이라면 꿈들! 언제나 꿈들을!

스무 살은 지금 제게서 너무나 멀리 떨어져 있습니다. 지금쯤은 태양계를 벗어나 암흑의 우주 공간 속을 떠돌고 있을 보이저호만큼이나 멀어졌을 것입니다. 보이저호는 영영 돌아오지 않는 게 더 좋습니다. 보이저호가 돌아온다는 건 이 우주 어딘가에 우리 말고도 생명체가 있다는 뜻이니까요. 우린 이대로 잘 살고 있으니까 어느 날 어항을 뒤집어쓴 문어 같은 우스꽝스러운 꼴의 외계인은 만나지 않는 게 좋겠습니다. 제가 떠나보낸 스무 살도 마찬가지입니다. 일단 떠났으니 다시는 돌아오지 않는 게 좋겠습니다.

당신들은 어떻게 생각할지 모르지만, 이십대에서 삼십대로 넘어가는 그 어느 순간부터 이 세상에는 낯선 것보다는 익숙한 것이 더 많아졌습니다. 세상 사람들은 몇 가지 유형으로 나뉘고 낯선 거리에 가도 어느 쪽으로 움직이면 되는지 대충 감이 옵니다. 태양계를 벗어나지 않는 한, 세상은 뻔하거든요. 서른 살이 넘은 사람은 자기 앞에 어항을 뒤집어쓴 문어가 나타난다는 상상 같은 건 안 합니다. 설사 그런 일이 일어난다고 해도, 그래서 외계인이 자신을 알아보지 못하는 제게 화를 내며 레이저 총을 쏜다고 해도 죽는 그 순간까지 저는 외계인에게 "전에 우리가 만난 적이 있는데, 그때 너는 하나로마트 해물 코너에서 냉동 보관되고 있었어"라고 말할 겁니다.

그리고 저는 깨달았습니다. 앞으로 겪을 모든 일들을 스무 살 무렵에 다 겪었다는 사실을. 그 모든 사람을 스무 살 무렵에 다 만났으며 그 모든 길을 스무 살 무렵에 다 걸었습니다. 그 모든 기쁨을, 그 모든 슬픔을, 그 모든 환희를, 그 모든 외로움을, 스무 살 무렵에. 창덕궁에서 종로 3가 극장 쪽을 향해 걸어갈 때, 혹은 텔레비전에서 문득 시인 기형도에 대한 프로그램을 볼 때, 심지어는 카푸치노를 마실 때마다 스무 살 그 시절이 떠오릅니다. 교수님들께는 죄송한 말이지만 교양 국어 시간에 뭘 배웠는지는 일찌감치 잊어버렸는데, 스무 살 무렵에 만났던 사람과 어디를 걸었는지, 그가 무슨 커피를 즐겨 마셨는지, 우리가 어느 극장에서 무슨 영화를 봤는지는 아무리 해도 잊혀지지 않더군요.

당신들이 스무 살이 됐다는 소식을 들었습니다. 많이 많이 축하드려요. 이제 당신들은 지금까지 살아오면서 경험한 것보다 더 많은 것을 경험하게 될 겁니다. 그게 어떤 경험이든, 생각해보세요. 그 경험들이 지금부터의 당신들을 만든답니다. 그러니 더 치열해지세요. 더 절실해지세요. 그건 모두 다시는 맨 처음의 그 기분으로는 경험할 수 없는 슬픔과 기쁨, 외로움과 환희랍니다.

"꿈들! 언제나 꿈들을!"이라고, "사람들은 각자 자신에 맞는 양의 천연적 아편을 자신 속에 소유하고 있는 법. 이 끊임없이 분비되며 새로워지는 아편을"이라고 노래한 사람은 프랑스 시인 보들레르였습니다. 그는 산문시「여행에의 초대」에서 이렇게 노래했습니다.

비할 데 없는 꽃이여, 다시 찾아낸 튤립이여, 우의적인 달리아여, 살기 위해, 꽃피우기 위해 가야 할 데는 바로 거기, 그리고 고요하고 그리도 꿈결 같은 저 아름다운 나라가 아니겠느냐!

저 아름다운 나라가 바로 스무 살입니다. 천연적 아편의 대부분은 그 시절에 만들어집니다. 그러니 더 많이 기뻐하고 더 많이 슬퍼하고 더 많이 갈망하시길. 자신의 인생에 더 많은 꿈들을 요구하시길. 이뤄지든 안 이뤄지든 더 많은 꿈들을 요구했던 그 시절의 기억이 당신들을 살아가게 만든다는 걸 시간이 지나면 저절로 알게 될 테니. 그러니 지금 스무 살이라면, 꿈들! 언제나 꿈들을! 더 많은 꿈들을!

내가 원한 것이라는 걸
잊지 않기 위해서

몇 달 전부터 작은 공책을 들고 다닌다. 뭔가 생각이 나면 거기에다가 죄다 적어두는데, 그걸 본 내 친구는 "오호라, 그게 바로 네 치부책이구나"라고 말했다. 치부책이라니, 돈을 벌기 위해 쓰는 공책을 말하나 싶어 사전을 찾아봤더니 그 뜻이 맞았다. 원래는 금품을 출납한 내용을 적는 공책이라고 풀이돼 있었다. 하지만 일반적으로는 금품 출납을 비롯해 잊지 말아야 할 일들을 기록해두는 공책을 뜻한다니 친구는 아마 그런 의미로 말했을 것이다.

그런데 이 공책이 좀 이상하다. 예를 들어 이 공책에다가 '오징어회를 먹어야지'라고 썼더니 이런 일이 일어났다. 느닷없이 어떤 소설가 선생님께서 주문진에 여행을 가자고 하셨다. 오징어회를 먹을 수 있겠다는 생각으로 여행에 따라 나섰다. 주문진에 가자마자 횟집으로 직행해 오징어회를 시켰다. 요즘 동해에는 오징어가 잘 잡히지 않는다는데 다행히도 산오징어회가 있었다. 먹고 싶은 걸 먹으니까 이건 너무 맛있었다. 맛있습니다, 잘 먹겠습니다, 라는 말이 저절로 흘러나왔다.

서울로 돌아오는 길에는 봉화를 거쳐 영주를 지나왔다. 봉화군 춘양면에 가면 전국에서 제일 맛있는 야끼우동을 파는 중국집이 있다고 해서 거기로 갔다. 신문에 그런 어마어마한 찬사가 담긴 음식 칼럼을 쓴 사람 역시 내가 아는 선배 소설가다. 중국집 주인은 그 칼럼을 오려서 액자에 넣은 뒤 벽에 붙여놓았는데, 그 옆에서 먹어서 그런지 야끼우동은 전국에서 제일 맛있지 못하고는 배겨나지 못할 것처럼 맛있었다. 하지만 잘 먹고 나와 보니 송이 축제를 한다고 시내 곳곳에 자연산 송이 사진을 붙여놓은 게 보였다. 막 먹었으면서도 군침이 돌았다. 그래서 잊기 전에 그 공책에 '자연산 송이를 먹어보자'라고 썼다.

그리고 일주일 뒤, 강연할 일이 있어 모교를 찾았다. 내가 학교에 온다니까 교수님 한 분이 점심을 사시겠다며 조금 일찍 오라고 하셨다. 학교 다닐 때는 꽤 무서운 분이셨지만, 이제는 나도 마흔 살이 넘었으니까 둘이 점심 먹어도 괜찮을 거야, 같은 생각을 하면서 교수님이 가르쳐주신 식당을 찾아갔다. 교수님은 올해 정년이라고 했다. 좋으시겠어요, 라고 말씀드리니 못 읽은 책이 많아 실컷 읽을 생각이에요, 라는 답이 돌아왔다. 그 대답을 들으니 아, 정년이란 못 읽은 책을 실컷 읽게 되는 일을 뜻하는구나 하는 생각이 들었다.

그건 그렇고, 음식을 주문해야지. 교수님이 말씀하셨다. 이 집은 자연산 송이덮밥이 좋은데, 뭘 먹을래? 생각하고 말 것도 없이 나도 자연산 송이덮밥을 먹겠다고 대답했다. 그리고 교수님에게 솔직하게 털어놓았다. 사실은 며칠 전에 춘양면에 갔다가 거리마다 자연산 송이 사진을 붙여놓은 것을 보고 꼭 자연산 송이를 먹겠다고 수첩에 적었는데, 이렇게 사주시니 너무나 감사합니다, 라고. 진짜 감사했고, 또 그 밥은 너무나 맛있었다. 누구라도 그러지 않겠는가? 먹고 싶다고 생각했던 그 밥을 사주시는데. 그러고 보면 자기가 뭘 원하는지 알아야만 진짜 기뻐할 줄도 알고 감사할 줄도 아는 게 아닐까. 뭔가 떠오를 때마다 수첩에 적는다는 건 그런 의미였다. 어떤 일이 일어났을 때, 그게 내가 원했던 일이라는 사실을 잊지 않기 위해서.

그러다가 한 수녀님의 말씀이 떠올랐다. 오래전부터, 10여 년 전부터 꼭 쓰고 싶은 소설이 하나 있다. 꼭 쓰고 싶은데, 정말 쓰고 싶은데, 과연 내가 그 소설을 쓸 능력이 되는지 어떤지 확신이 잘 서지 않을 만큼, 훌륭하고도 좋은 소설, 끝까지 쓰기만 하면 정말 좋은 소설이다. 이런 식으로 내가 엄살을 피웠더니 그 수녀님께서 너무나 간단하게도 '쓰게 해달라고 기도하세요'라고 말씀하셨다. 주문한 오징어회처럼 마침내 그 소설이 내 앞에 펼쳐진다면 그 얼마나 기쁠 것인가.

연암 박지원의 아들인 박종채가 쓴 박지원의 전기 『나의 아버지 박지원』을 보면, 다음과 같은 꿈 이야기가 나온다.

216

아버지는 언젠가 꿈에 서까래만 한 크기의 붓 다섯 개를 얻었는데, 붓대에는 "붓으로 오악五嶽을 누르리라"라는 글귀가 적혀 있었다 한다.

오악이란 금강산, 묘향산, 지리산, 백두산, 삼각산의 다섯 산봉우리를 말하니 박지원이 꿈에서 본 그 글귀는, 그리고 그 붓은 얼마나 대단한가. 그리고 나는 생각했다. 박지원이 붓으로 한 일이 무엇인지를. 아하하, 이제야 알겠다. 내가 고통으로 드린 말씀에 수녀님이 기쁨으로 대답하셨다는 걸. 쓰기만 하면 작가의 일은 이미 이뤄졌다는 것도. 늘 감사할 준비가 돼 있는 사람은 기뻐할 수밖에 없다.

내 마음을 풍요롭게 만든 것은
어디까지나

기차역 앞에서 자란다는 건 바람에 민감해진다는 뜻이기도 하다. 내가 자란 김천역 광장에 서면 늘 바람을 느낄 수 있었다. 겨울에는 황악산 너머에서 북풍이 불어왔다. 그 북풍이 가장 세찬 바람이었으므로 황악산 너머의 땅은 내게 추운 지방으로 여겨졌다. 계절이 바뀌면 바람의 방향은 점차적으로 서진하면서 그 힘이 약해졌다. 매년 4월이면 역 앞 광장에서 형과 배드민턴을 치더라도 셔틀콕이 바람에 휩쓸리지 않을 정도가 됐다. 그 무렵이면 바람은 시의 서쪽에 있는 고성산 줄기를 타고 내려오게 마련이었다. 그래서 봄바람에는 언제나 꽃향기가 묻어 있었다.

역 앞에서 지나가는 것은 바람뿐이 아니었다. 경부선 개통으로 교통의 요지(어른들은 교육의 도시라는 표현을 더 선호했지만)가 된 김천은 지나가는 사람들의 도시였다. 김천역에서 경부선과 경북선이 서로 만났다. 거기서 중심가를 지나 도보로 15분 정도 걸어가면 나오는 버스터미널에는 무주, 거창 등 지리산 자락의 내륙으로 들어가는 차편이 있었다. 그래서 경북 내륙으로 가는 사람들은 역에서 나와 다시 경북선이 출발할 때까지 기다려야만 했고, 경남 내륙으로 가는 사람들은 버스터미널까지 걸어가서 시외버스를 타야만 했다. 그런 사람들을 상대로 역 앞에는 식당과 상점 들이 즐비했다.

내가 태어나 자란 곳은 타지인들이 그렇게 지나다니는 길목이었다. 김천시 평화동이다. 부모님이 운영하시던 제과점은 역사에서 나오면 시청 방향인 왼쪽 편에 있었고, 살림집은 시내를 관통하는 3번 국도 건너편 법원지청 부근에 있었다. 태어나서 채 철들기도 전에 나는 지나가는 자동차 후미 부분을 스치듯 도로를 건너는 법을 익혔다. 건널목을 건널 때는 오른손을 들고 좌우를 살핀 뒤에 지나간다는 교육 따위는 초등학교에 들어가서야 배울 수 있었다. 그 뒤에도 나는 자동차의 후미를 스치듯 길을 건넜다. 포장도로와 자동차와 철로와 역전이 내 놀이터였기 때문에 가능한 일이었다. 나는 시골 어른들보다 도로를 훨씬 잘 건너다녔다. 나는 논이라는 것도 아주 나중에야 봤다. 쌀나무에서 쌀이 자란다고 생각한다던 서울 아이에게 비할 수야 없겠지만, 그럼에도 논이라는 건 내게 일상의 공간이 아니었다.

　　내게 일상의 공간은 3번 국도변의 가게들이었다. 양장점과 약국과 중국집과 지물포와 철물점과 신발 가게와 저울 가게와 약종상과 유리점과 극장과 다방과 당구장 등이 그 길을 따라 늘어서 있었다. 북쪽에 있던 소년원의 높은 담장이 끝나는 곳에서 평화시장이 시작됐는데, 상점가는 거기서부터 시청까지 이어졌다. 거기가 바로 김천의 중심가였다. 시

청 쪽으로 걸어가자면 왼쪽 편은 철로변이라 가게 건물들이
위태위태 서 있었고, 오른쪽은 남산동까지 땅의 여유가 많
은 편이라 사정이 좀 나았다. 소매 물건이라면 대개 그 거리
에서 구할 수 있었다. 반면에 아랫장터라고 부른 황금시장의
가게들은 도매상 느낌이 강했다. 어릴 때는 황금시장에 가
는 게 마치 외지에 가는 것 같았다. 초등학교에 입학하기 며
칠 전, 아버지가 내게 가방을 사주신 곳도 황금시장이었다.
시장 골목으로 들어갔더니 어찌나 조명이 환하고 물건이 많
은지 정신을 차리지 못할 정도였다. 서울의 남대문시장이 꼭
그럴 것 같았다. 멋진 가방도 너무 많았다. 하지만 내가 심혈
을 기울여 고른 가방은 교과서를 넣고 기분 좋게 둘러메자마
자 찢어지고 말았다. 그 꼴을 보고 아버지가 황금시장 상인
들을 욕했던 게 기억난다.

　지금까지 내가 기억하는 가장 풍요로운 풍경은 바로 명
절 가까울 무렵, 평화동 상점가 거리의 모습이다.

　내 마음을 풍요롭게 만든 것은 어디까지나 불빛들이었다. 추
석 즈음 역전 근처 평화시장에 붐비던 노점상의 카바이드 불빛
과 상점마다 물건을 쌓아놓은 거리에 내걸었던 60촉 백열등의
그 오렌지 불빛들, 혹은 크리스마스 가까울 무렵이면 상점 진

열창마다 서로의 빛 속으로 스며들며 반짝이던 울긋불긋한 불빛들이나 역전에 모여 든 빈 택시들의 차폭등과 브레이크등이 내뿜던 붉은 불빛, 또 귀성열차가 도착하기만을 손꼽아 기다리면서 운전사들이 피우던, 그만큼이나 붉었던 담배 불빛들. 그 가물거리는 것들. 내 기억 속에서 그 불빛들이 하나둘 켜지면 절로 행복한 마음에 젖어들게 된다. 어두운 역전 밤거리에 붐비던 그 불빛들은 따스했다. 우리가 지금 대목을 지나가고 있음을 알려줬으니까. 사람들이 줄지어 선 서울역 광장이나 꼬리에 꼬리를 물고 빠져나가는 귀성버스를 향해 손을 흔드는 구로공단 사람들의 모습을 담은, 저녁 거리를 향한 금성 대리점의 컬러텔레비전. 대목 장사를 바라고 제과회사나 양조회사에서 공짜로 나눠주는 조잡한 디자인의 포장지에 일률적으로 포장한 뒤 상점 앞에 산더미처럼 쌓아놓은 종합선물세트, 혹은 경주법주나 백화수복 같은 것들. 서울이나 울산이나 대전이나 대구 같은 대도시 생활의 고단한 표정일랑 빈집에 남겨두고 내려온 귀성객들이 홍조 띤 얼굴로 말끄러미 들여다보던 선물세트 견본품 비닐 위에서 번득이던 백열등. 명절 특별 수송 기간을 맞이해 상점 진열창보다도 더 큰 널빤지에 만든 임시 시각표를 들고 와 대합실 입구 옆에다 세워놓던 역 노무자들의 주름진 얼굴. 그 모든 광경은 여전히 내 마음속에서 반짝인다.

지금도 그때 일을 생각하면 풀풀풀 가슴 한 켠에서 불빛이 날리듯 반짝인다.

— 나의 단편소설 「뉴욕제과점」 중에서 °

그래서 나는 '목'이라는 말에 민감하다. 길목이나 대목 같은 것들. 지금 뭔가 지나가거나 넘어가고 있다는 느낌을 나는 금방 알아차린다. 그건 요즘도 그렇다. 나는 역 앞에서 자라면서 변화에 예민한 감각을 터득하게 됐다. 그건 상인들의 지혜 같은 것이다. 대목이 지나고 나면 계절에 따라 바람의 방향과 세기가 바뀌듯이 손님들이 쑥 빠져나가고 파리만 날리는 시기가 찾아온다. 하지만 만든 빵을 내다버릴 정도로 장사가 안 되는 그 시기도, 어쨌든 시간이 지나면 끝난다. 그리고 다시 다른 대목이 찾아온다. 요는 모든 건 지나간다는 점이다. 허황된 꿈을 꾸는 상인이 아니라면 지나가는 것들이 그냥 지나가는 것을 차분하게 지켜봐야만 한다. 일희일비하는 걸 가장 경계해야만 한다. 오늘은 나쁘지만, 내일은 또 사정이 달라질 것이라고 믿어야만 한 자리에서 몇십 년 동안 장사를 할 수 있다. 상점가에서 내가 배운 교훈이란 바로 그런

° 『내가 아직 아이였을 때』, 문학동네, 2016, 91~92쪽.

것이다.

내가 초지일관이나 일편단심 같은 것에 둔감하고 조삼모사나 상전벽해 같은 고사를 더 신뢰하는 것 역시 소도시 상인들의 생활감각 속에서 자랐기 때문이리라. 종이를 자를 때도 나는 정확하게 자르지 않고 좀 여유를 두고 자른다. 앞으로 어떻게 될지 모르기 때문이다. 누군가와 약속을 할 때도 나는 정확하게 그 약속이 지켜지리라고 예상하지 않는다. 당연히 약속이 지켜지지 못할 사정이 생길 수 있다고 여기며, 그 사실에 괴로워하지 않는다. 대신에 나는 경제적 독립을 무엇보다 중요하게 생각한다. 허황된 꿈을 꾸지 않으며, 매일 일하지 않으면 부끄러움 같은 걸 느낀다. 일수 도장을 찍던 수첩, 빚을 갚지 못해서 야반도주하던 이웃 가게, 그럼에도 매일 아침 가게 문을 열고 거리를 청소하던 어른들을 보면서 자랐으니 소설가면서도 그런 생활인의 감각을 가졌다는 게 흠이 될 수는 없으리라.

그럼에도 그 거리 덕분에 내가 소설가가 됐다고 말할 수 있는 건 타지인들이 지나가는 만큼이나 자주 떠돌던 풍문들 때문이다. 그중에서도 지금까지 기억에 남는 건 대구고등법원 김천지청의 옥상에 산다는 거대한 귀에 대한 소문이었다. 내 눈으로 직접 법원 주변에 돌아다니는 무슨 귀를 조심하라는 안내판을 보기까지 했으니까 동네 형들이 말하는 그 소문을 믿지 않을 수 없었다. 형들의 말에 따르면, 발 없이 둥둥 떠다니는 그 거대한 귀는 늘 문이 잠긴 김천지청 옥상, 철제 안테나 탑 아래에 살고 있다고 했다. 그래서 그 옥상에 올라가고 싶었는데, 어느 날 나는 혼자 법원을 돌아다니다가 옥상으로 올라가는 문이 열린 걸 발견했다. 가슴이 두근두근. 무서운 귀를 보겠다면 동네 형들을 불러 함께 올라가는 게 옳았을 텐데도 나는 혼자서 계단을 밟고 올라가고 있었다. 그때 용기를 내서 옥상에 올라가 내 눈으로 그 거대한 귀의 정체가 무엇인지 확인한 일이 먼 훗날까지, 그러니까 소설가가 되어 여러 권의 소설을 펴낼 때까지 영향을 끼치리라는 것은 미처 예상하지 못한 채 나는 한 계단 두 계단 밟고 올라갔다.

거대한 귀를 보기 위해 김천지청 옥상까지 올라가서 내가 보게 된 것은 '무無'였다. 거기에는 아무것도 없었으니까. 하지만 내가 아무것도 보지 못한 건 아니었을 것이다. 나는 뭔가를 제멋대로 착각하게 되면 거짓도 충분히 진실이 될 수 있다는 사실을 깨달았다. 내가 동네 형들과 함께 안내판에서 읽은, 법원 주변에 돌아다니는 무슨 귀라는 건 사람이나 동물의 거대한 귀 같은 게 아니라 손으로 쓴 '브로커'라는 글자였다. 우리들 중에서 누구도 '브로커'라는 단어를 몰랐으니까 그냥 그걸 '무슨 귀'라는 것으로 이해했던 모양이다. 그렇게 보기 시작하자, 안내판의 문장은 정말 귀를 조심하라는 것으로 보였다. 그 당시에 떠돌던 풍문들은 모두 그런 식의 무지와 오해로 인한 공포로 만들어졌다. 우리가 믿는 것들 역시 무지와 오해에서 비롯된 환상일 가능성이 많다. 또 우리는 무지하지 않은데, 정치인과 언론 등이 우리를 오해하게 만들어 환상을 보게 하기도 한다. 나는 그런 환상의 본질이 무엇인지 궁금해 소설을 썼다고 할 수 있다.

그러다 초등학교 4학년 때인가, 아버지에게서 어린이용 자전거를 선물받았다. 나는 넘어지는 게 겁이 나서 그 자전거를 타지 않다가 집 2층에서 혼자 연습한 끝에 누구의 도움도 받지 않고 자전거 타는 법을 익혔다. 그다음부터 나를 둘러싼 공간은 역전 주위의 평화동에서 비약적으로 확장됐다. 그리고 얼마 있다가 자전거를 탈 줄 아는 김천의 초등학생이라면 한 번쯤 도전하는 일에 나도 나섰다. 그건 추풍령휴게소까지 자전거를 타고 가는 일이었다. 당시 김천의 어린이들이 원숭이와 공작을 구경할 수 있는 곳은 추풍령휴게소뿐이었다. 거기에 작은 동물원이 있었다. 그래서 해마다 봄이 되면 아버지의 손을 잡고 버스를 타고 추풍령휴게소에 가곤 했다. 벗나무도 참 많았던 것으로 기억한다. 벗꽃 필 무렵이면 조금만 늦게 가도 벗나무 아래 좋은 자리는 잡을 수 없을 만큼 많은 사람들이 꽃구경하러 가는 곳이기도 했다.

하지만 그렇게 놀러 가는 게 아니라, 말하자면 하이킹의 목적지로 추풍령에 가본 적은 한 번도 없었다. 함께 가기로 한 형은 걱정되는지 며칠 전부터 갈 수 있겠느냐고 내게 물었다. 나는 초조했다. 이미 자전거를 타고 추풍령에 다녀온 친구들도 있었기 때문에 한시라도 빨리 가고 싶었다. 그렇게 1980년대 초반의 어느 일요일 아침, 우리는 추풍령을 향해 자전거 페달을 굴리기 시작했다. 그때는 3번 국도가 뭐랄까, 신작로 같은 분위기랄까. 다니는 자동차는 거의 없었고 가로수 그늘은 많았으며 추풍령까지 오르막길은 꼬불꼬불했다. 시내에서 직지사로 들어가는 삼거리까지는 그래도 쭉 뻗은 길이고 낯이 익은, 말하자면 아직까지는 김천이라고 부를 만했지만, 거기 검문소를 지나고 나면 완전히 다른 동네였다. 시내버스도 그 삼거리에서 직지사 쪽으로 좌회전을 했지, 추풍령 방향으로 직진하는 경우는 드물었다. 길도 거기서부터는 완연하게 가팔랐다.

그렇게 해서 추풍령까지 자전거를 타고 갔는데, 그 성취감은 이루 말할 수 없을 정도였다. 추풍령을 넘어가면 거기서부터는 충청도가 시작되는데, 내 힘으로, 내 두 다리로 그렇게 먼 곳까지 갔다고 생각하니 감개무량이었다. 어른이라도 된 듯한 기분이었다. 추풍령휴게소에서 우리는 김밥 같은 걸 사 먹고, 경부고속도로를 만들다가 죽은 노동자들을 위해 세운 위령탑의 글귀를 읽고, 원숭이와 공작을 구경했을 것이다. 점심을 먹고 내려가는 길은 직지사 삼거리까지 페달을 한 번도 밟지 않아도 갈 수 있는 상쾌한 길이었다. 추풍령을 한 번 오르고 나니 새로운 세상이 펼쳐졌다. 이젠 가지 못할 곳이 없었다. 서쪽으로는 양천, 남쪽으로는 남면, 동쪽으로는 아천, 북쪽으로는 직지사까지 나는 신나게 쏘다녔다. 그중에서도 직지사는 나중에 고등학교를 졸업하고 나서도 김천에 들르면 한 번은 자전거를 타고 갈 정도로 자주 찾아간 곳이었다.

대웅전 마당으로 향하던 예정은 그만 오후 햇살이 옴큼옴큼 내려앉은 명부전 섬돌 한쪽에 앉아버렸다. 애기똥풀 꽃대처럼 여윈 예정의 그림자가 섬돌의 윤곽을 따라 비뚜름하게 명부전 맞배지붕 날카로운 그림자 사이로 섞여들고 있었다. 봄바람은 애기똥풀 노란 꽃잎이나 흔들 줄 알았지, 예정의 마른 그림자나 떨리게 했지, 사래에 매달린 풍경 속 눈 뜬 붕어 한 마리 제

227

대로 흔들지 못할 만큼 기운이 없었다. 꽃향기 훈훈한 봄볕을 너무 머금었는지 바람은 저 혼자서 무거워져 건듯 불어오다가 둥근 기와 박은 토담 모양으로 펼쳐진 비질 자국이 여전한 명부전 앞마당만 공연히 한 번 더 쓸어버리고는, 차령산맥 바로 밑이라 더이상 자라지 않고 가늘기만 한 대나무들이 옹기종기 모인 뒤란을 휘돌았다. 북한계선까지 치밀고 올라온 대나무들은 예정이 지금 머무는 곳이 온대지역이라는 사실을 숨김없이 보여줬다.

　　—나의 단편소설「노란 연등 드높이 내걸고」중에서°

　　이 소설에서 배경이 직지사라는 걸 한눈에 알 수 있는 부분은 여기뿐이다. 반면에 초파일 전수바라가 유명하다든가, 수의를 짓는 지장회가 있다든가 하는 부분은 내가 다 지어낸 이야기들이다. 사실 직지사라는 걸 꼭 집어서 말하는 건 중요하지 않았기 때문이었다. 하지만 대나무 이야기는 꼭 하고 싶었다. 대웅전을 돌아가면 영양실조에 걸린 듯 호리호리하던 그 대나무들을 지금도 볼 수 있을지 모르겠다. 내가 그 대나무를 눈여겨본 건 고무줄 대포 같은 공작물을 만들기 위

°　　위의 책, 203~204쪽.

해 굵은 대나무를 찾아 인근을 다 헤매고 다녔기 때문이었다. 하지만 어디를 가더라도 대포를 만들 만큼 굵은 대나무를 찾을 수는 없었다. 기껏해야 피리 정도 굵기뿐이었다. 그때 나는 보이지 않는 경계에 대해서, 내가 사는 고장의 풍토에 대해서 조금씩 알게 됐던 것 같다.

　김천의 풍토를 잘 보여주는 것으로는 또 눈이 있겠다. 어린 시절, 쌓이는 눈은 대개 자는 동안 밤에 내린 눈들이었다. 우리 집 2층에서 보면 평화동의 기와집들 지붕이 보였는데, 아침에 일어나 거기에 눈이 쌓인 모습을 보면 온 세상이 솜이불을 두른 듯 참 따뜻해 보였다. 세차게 추운 1월의 얼마간이 아니면 눈은 대개 일찌감치 녹았다. 반면에 낮에 내리는 눈은 쌓이지 않고 바로 녹았다. 나중에 대학에 가느라 상경해 교통을 마비시키는 눈을 본 뒤에야 나는 김천의 눈이 참 부드럽다는 걸 알게 됐다. 이런 눈의 성질은 김천의 풍토가 경계선상에 있다는 것을 잘 보여준다. 눈이 내려서 쌓이는 곳과 눈이 좀체 내리지 않는 곳 사이의 어떤 경계 지점. 김천이 '길목', '대목'의 이미지를 가졌다는 건 앞에서도 얘기했다. 그러니 이건 반복되는 이야기이며, 한편으로는 상인의 아이들이 태어나면서 몸에 익히게 되는 변화에 예민한 감각에 대한 이야기이기도 하다.

내가 태어난 김천이 어떤 경계 지점, 그러니까 내 것과 남의 것이 서로 뒤섞이는 곳에 있다는 사실을 확실하게 느낀 건 무주 구천동으로 놀러 간 어느 여름의 일이었다. 거기는 추풍령 너머와는 또다른 세상이었다. 무주 구천동 길을 걸어가는데 전국 각지에서 놀러 온 대학생들의 말투가 우리와는 완전히 달랐다. 대학생들은 '여름은 젊음의 계절, 여름은 사랑의 계절' 같은 노래를 부르면서 걸어 다녔다. 그 노래를 부르는 대학생들의 자유로운 표정을 본 순간부터 내가 살던 김천은 한없이 초라하게 보였다. 그날, 무주 구천동 계곡에서 놀고 돌아오는 길에 아버지는 나제통문이라는 곳으로 우리를 데려갔다. 가보니 터널 같은 좁은 통로가 있었다.

"이게 뭔가요?"

아버지에게 물었다.

"옛날 신라와 백제 사람들이 서로 오가던 문이다."

그래서 '(신)라(백)제통문'이라는 이야기였다. 나는 삼국시대의 길을 아직도 사용한다는 사실에 입을 다물 수 없었다. 그 문을 지나면 백제의 땅에서 신라의 땅으로 들어갈 수 있다니 신기하기만 했다. 나의 고향 김천은 신라의 땅에 있었다. 하지만 그게 세상의 전부일 수는 없었다. 비로소 나는 내가 아는 경계, 그 너머의 세상이 궁금해졌다.

꿀을 머금은 것처럼 지지 않는
벚꽃들을 바라본다

겨울이라면 서귀포가 떠오른다. 한일 월드컵이 열렸던 2002년 겨울, 소설을 쓰려고 60여 권의 책을 챙겨 목포까지 자동차를 몰고 내려가서는 제주도로 건너갔다. 중문단지 가까운 마을인 하예동의 한 민박집 2층 방을 빌려 그해 겨울을 났다. 우리에게 방을 내준 민박집 주인은 나와 동갑인 남자로 젊은 나이에 일찌감치 귀향해 아버지의 한라봉 농사를 돕고 있었다. 인터넷에 능했던 그는 2층을 개조해 민박집을 차린 뒤, '대성이네 집'이라는 이름의 홈페이지를 만들었다. 대성이는 대여섯 살이던 그 집 아들의 이름이었다.

그 겨울은 내 인생에서 가장 따뜻했다. 일기예보를 들으면 서귀포의 기온은 늘 서울보다 10도는 높았다. 그러나 때로 바람이 불면, 말 그대로 '미친 듯이' 불었다. 마당에는 야자수 한 그루가 서 있었는데, 바람 부는 밤이면 사람처럼 소리를 지르며 창문 밖을 서성거렸다. 제주도의 겨울밤은 술에 취해 잠들기에 제일 좋은 밤이라는 걸 며칠 지나지 않아 나는 알게 됐다. 그렇게 하나의 겨울이 내 인생에서 떠나갈 무렵, 서귀포 월드컵경기장 앞에서 지나가는 눈을 만났다. 삽시간에 눈은 시야를 모두 가렸는데도 지나고 보니 그 흔적을 찾을 수 없었다. 흔적 하나 남지 않는 눈을 바라보며, 그게 그해 겨울의 내 삶일 수도 있겠다는 생각이 들었다. 그럼에도 아쉽

지 않았다. 서귀포에서 눈은 그런 것이니까. 어쩌면 내 삶이
라는 것도.

봄이라면 통영이다. 윤이상음악제가 처음 열리던 봄, 오
직 음악을 듣겠다는 일념으로 그 도시로 내려갔다. 내항 저
편의 마리나 리조트에 방을 잡은 뒤, 프로그램을 들여다보
며 찾아갈 음악회를 골랐다. 우선 시내의 작은 홀에서 피아
노, 더블베이스, 드럼, 보컬로 이뤄진 팀의 연주회가 열리는
데 예약도 필요 없다기에 거기로 찾아갔다. 안으로 들어가니
좁은 실내에 교복 차림의 여고생들이 줄 맞춰 앉아 있었다.
여고생들은 재잘재잘 새들처럼 떠들었다. 그러다가 젊은 연
주자들이 들어오자, 열렬히 박수를 치고는 모두 입을 다물었
다. 일제히 입을 다물던 그 순간의 침묵이 어찌나 아름다웠
던지.

다음 날 찾아간 문화회관 무대에서는 윤이상의 유럽 제
자들이 스승의 음악을 연주했다. 처음 듣는 그의 음악은 난
해했다. 조는 사람도 있었을 것이다. 연주가 모두 끝난 뒤, 바
이올린을 연주한 젊은 독일 남자가 마이크를 잡고는 말했다.
"우리는 윤이상의 제자들로 꼭 한번 스승의 고향인 통영에
오고 싶었다. 통영 사람들에게 스승의 음악이 얼마나 멋진지

들려주고 싶었다. 이제 통영에 와 연주하게 되니 얼마나 기쁜지 모르겠다. 우리는 원래 현대음악을 전공한 사람들이지만, 여러분들이 즐길 만한 노래를 준비했다." 그러더니 현대음악을 연주하던 그 젊은 연주자들이 귀에 익숙한 한국 민요를 연주했다. 그건 마치, 그리하여 너무나 그리워하던 두 연인이 마침내 만났다고 말하며 끝나는 동화의 마지막 문장 같은 선율이었다. 연주를 듣고 돌아오던 통영의 봄밤은 수만 개의 하얀 등을 밝혀놓은 것처럼 환했다. 만개한 벚꽃들이었다. 그 꽃들은 십수 년이 지나도록 지지 않을 것이었다. 이렇게, 내 마음속에서.

여름이라면 경주다. 웬일인지 석굴암을 찾아가는 길은 늘 비가 내렸다. 초등학교 수학여행을 갔을 때부터 시작해 그 뒤로도 쭉. 토함산을 내려와 불국사에 들를 즈음이면 비는 그치고 길게 늘어선 회랑의 처마를 따라 빗물이 떨어졌다. 누군가 웃었고, 고개를 돌리면 그 얼굴로 햇살이 환하게 비쳤다. 그와 마찬가지로 안압지의 연꽃도, 계림의 나뭇잎도 여름 해가 중천을 넘어가면서 그 빛은 더욱 새로워졌다. 경주 햇살의 뜨거움을 비로소 알게 된 곳은 왕의 유해를 연못 위에 걸어서 만든 무덤이라는 괘릉이었다. 거기에는 주먹을

쥔 채 소매를 걷어붙인 우람한 얼굴의 돌 사내가 서 있었는데, 그는 아주 무더운 나라에서 온 이방인이라고들 했다.

괘릉의 무인석과 돌사자를 한참 들여다보고 난 오후, 친구와 택시를 타고 술을 파는 식당을 찾아 대릉원 천마총 주차장 앞까지 갔다. 해물파전에 막걸리를 마시노라니 주인이 손수 담근 술을 꺼내왔다. 몇 잔 마셨더니 금세 뜨거운 취기가 올라왔다. 화장실을 가느라 자리에서 일어섰더니 다리가 휘청거렸다. 걸어가며 저 멀리 대릉원에 있는 크고 둥근 무덤을 떠올렸더니 불현듯 어느 해인가 마찬가지로 술에 취해 그 무덤을 올려다보던 여름 오후가 생각났다. 그때는 대릉원 바로 옆의 막창집에 앉아 열어둔 문 사이로 그 무덤을 내다봤더랬다. 비가 내렸고, 불판에서 하얀 연기가 사람의 얼굴을 가릴 만큼 뭉게뭉게 피어올랐다. 지금까지 몇십 번의 여름을 지나온 것처럼, 앞으로도 그만큼의 여름을 맞이할 테지. 그런 말을 중얼거리면 꿀을 머금은 것처럼 입안이 감미로웠다.

가을은 일산이다. 벌써 20년째 나는 일산에 살면서 남북으로 긴 타원형의 호수공원을 수없이 돌았다. 처음에는 시계 반대 방향으로, 지금은 시계 방향으로. 겨울 호수는 온통 하얀 얼음빛이지만, 벚꽃이 필 무렵부터는 어느 때 앉아 있어도 하나도 춥지 않은 나날들이 시작된다. 그날부터 호수공원은 사람들로 북적인다. 벚꽃과 장미의 봄도 눈부시지만, 여름 메타세쿼이아의 드높은 초록과 치솟는 분수의 물줄기도 시원하다. 하지만 호수공원은 노을을 바라보는 공원이라 봄, 여름보다는 가을의 정취가 남다르다. 김포 쪽으로 지는 해가 점점 왼쪽으로 내려오면 밤은 더욱 빨리 찾아온다. 낮이 짧아지는 만큼 나뭇잎들의 빛깔도 조금씩 바뀌고, 산책하는 이들의 걸음걸이도 느려진다.

몇 년 전, 아버지는 단풍빛으로 물든 그 길을 걸으며, 나뭇잎은 저렇게 졌다가도 봄이면 다시 돋는데 한 번 떠난 사람은 왜 다시 오지 않는가, 라는 내용의 일본 시를 읊조리셨다. 스스로 읊은 시처럼 아버지는 한 번 떠나 영영 다시 오시지 않는다. 그리고 그 빈자리로 호수공원의 단풍이 해마다 어김없이 찾아온다. 그제야 나는 내가 사는 이 땅의 풍경이, 누군가에게는 한 번 떠나고 다시 오지 않는 어떤 이의 빈자리를 채우는 것이 되리라는 걸 깨닫는다. 언젠가 어떤 이와 나란히 걸으며 바라보던 풍경, 그것이 바로 우리가 사는 이 땅의 풍경, 살아가는 동안 몇 번이고 우리가 보게 될, 그리고 우리가 사라진 뒤에도 여전히 남아 있을, 겨울과 봄과 여름과 가을이라는 걸.

그리고 항상 지금 우리 앞으로는 겨울과 봄과 여름과 가을 중 하나의 계절이 지나가고 있는 중이다.

아무리 어두워도
개를 발로 차는 사람은 되지 말자

12월, 태국 치앙마이는 한 해 중 가장 추운 겨울이다. 얼마나 춥냐 하면 기온이 무려 10도까지 떨어지는 날도 있다. 영하가 아니라 영상이어서 좀 섭섭하지만. 겨울이라는 말만 듣고 반신반의하며 외투를 챙겨 갔다가 공항을 빠져나오며 나는 웃고 말았다. 우리 초가을처럼 밤공기가 맑고도 서늘했기 때문이었다. 그렇지만 치앙마이에도 겨울 정취는 있다. 한 해를 보내는 12월 31일이면 이 오래된 도시의 거리에서는 각 나라에서 온 사람들이 어두운 밤하늘을 향해 풍등을 띄워 올린다. 은하수처럼 하늘로 흘러가는 불빛들을 바라보노라면 인간의 소망이란 저처럼 많고도 다채로운 것인가 하는 생각이 들며 어쩔 수 없이 마음이 따뜻해진다. 그러니 그때가 겨울이 아니라면 섭섭할 수밖에. 그러므로 치앙마이의 12월은 겨울, 낮 기온이 25도를 훌쩍 넘어간다고 해도 겨울이다.

밤새 어두운 하늘에서 풍등들이 반짝거리며 날아간 그다음 날, 도이수텝이란 절에 갔더니 신년을 맞아 찾아온 사람들로 발 디딜 틈이 없었다. 인파에 떠밀려 걸어가는데 갑자기 사람들이 주춤거리며 양쪽으로 갈라지기에 고승이라도 나타났는가 싶어서 봤더니 태연스레 낮잠을 자는 개였다. 인파가 밀리거나 말거나, 사람들이 자기를 보고 떠들거나 말거나 죽은 듯이 엎어진 채 잠들어 있었다. 그 앞에 놓인 종이에는 개밥을 살 수 있도록 적선해달라는 글이 영어와 태국어로 적혀 있었다. 순간적으로 저 개가 쓴 글이라는 착각이 들었는데, 아닌 게 아니라 낮잠 주무시는 개는 멀쩡하게 옷까지 갖춰 입었던 것이다. 가만 보니 그 옷은 심지어 털옷이었다. 그래도 더울 텐데 어쩌자고 저런 옷을 골랐을까 궁금해지는 순간, 퍼뜩 그 개가 영어까지 아는 박식한 태국 개일 리야 없지 않겠느냐는, 참 똑똑한 생각이 들었다.

그 무렵의 기온은 영상 18도. 그런 날씨에 거리의 개들이 얼어 죽을까봐 털옷을 입히는 사람은 올해 치앙마이는 이상 한파라고 말하는 태국인들일 것이다. 태국 개들의 호사는 거기서 그치지 않아 말한 대로 절로 올라가는 길 한가운데의 가장 양지바른 자리를 차지하고 앉았는데도 걸어차이거나 쫓겨나지 않는다. 오히려 행여 깰세라 다들 피해 다니니 한국 개들이 봤다면 꽤 부러웠을 것이다. 그렇다면 한국 개들 앞에서는 대만 개들 얘기도 하면 안 되겠다. 얼마 전, 대만에서 안식년을 보내고 귀국한 대학원 시절의 은사에게 들은 이야기다. 독일 대학은 수업료가 없어 학생들이 늦도록 졸업하지 않는다고 하던데, 뭐 그런 머나먼 선진국 대학교의 믿기 어려운 이야기 비슷했다.

얘기인즉슨, 대만의 대학 캠퍼스에는 집 없는 개들이 많
다는 것. 따뜻한 나라이니 난방 같은 건 필요 없을 테고(라
고 쓰지만 치앙마이의 개들을 생각하면 확신할 순 없다) 다만 밥
이 문제일 텐데, 대만에는 기부 문화가 덜 발달했는지, 아니
면 개들의 숫자가 너무 많은 것인지, 그 문제는 대학 측에서
공금으로 해결한다고 한다. 그러니까, 개 무상급식이라는 말
씀. 한국에서는 학생들 무상급식을 둘러싸고도 그렇게나 말
이 많았다는 사실을 떠올리면, 우리 아이들은 대만의 개만
도 못한……. 하지만 이 글은 그렇게 생각하지 말라고 쓰는
글이다. 어쨌든 거기에도 이 개 무상급식 반대주의자가 있어
해마다 교무회의 첫 안건은 개 급식비 전액 삭감과 학교 밖으
로 내쫓는 일에 관한 것이라는데 반대가 심해 한 번도 통과된
적이 없단다.

치앙마이의 개들을 보고 와서 그런 이야기를 들으니,
'우린 왜 이 모양이지?'라는 생각이 들었다. 그 사람들은 너
무 더워서 그런 걸 거야. 길을 막고 누운 개를 발로 걷어차기
에도, 캠퍼스의 개들을 쫓아내기에도 너무 덥고 귀찮아서.
그렇다면 시끄럽다고 이웃의 개를 때려 죽이고, 실연당했다
고 애인의 고양이를 아파트 바깥으로 집어던지는 한국인들
은 너무 부지런한 걸까? 힌트는 대만 사람들의 아기자기함

에 있었다. 은사의 말에 따르면, 대만 사람들은 여전히 손 편지 쓰는 걸 좋아하고, 전철에서는 휴대폰보다는 책을 읽으며, 늘 꽃으로 집을 장식한단다. 그래서 그는 대만 사람들이 우리보다 훨씬 더 잘산다는 결론에 이르렀다고 했다. 꽃으로 집을 장식하는 걸 보고 놀랐다는 이야기는 며칠 전 앙코르와트를 다녀온 친구에게서도 들었다. 배를 타고 지나가면서 강변의 수상가옥들을 보니 집은 초라해도 다들 꽃을 내걸었단다.

우리가 보기에는 초라한 집인데도 꽃을 내거는 그 마음이 바로 얼어 죽을까봐 개에게 털옷을 입히고 배고플세라 학교 공금으로 사료를 사 먹이는 그 마음이리라. 그러니까 모든 건 마음의 문제인데, 이 마음은 행동이 좌우한다. 심리학 용어 중에 'As if' 이론이라는 게 있다. '~인 것처럼' 행동하면 실제로 마음이 그렇게 바뀐다는, 즉 행동이 마음을 바꾼다는 이론이다. 예컨대 처음 만난 남녀에게 서로 애인인 것처럼 행동하라고 하면 거의 대부분 상대방에게 호감을 느낀다고 한다. 여행지에서 우연히 만나 함께 여행하는 남녀가 쉽게 사랑에 빠지는 이유는 둘이서 여행하는 커플은 대개 사랑에 빠진 남녀라는 일반적 사실에서 비롯하는 것과 마찬가지 이치다.

이 이론을 개들에게 옷을 입히고 밥을 주는 사람들에게

적용하면, 그런 행동을 했기 때문에 그들은 부유해지고 강한 사람이 됐다는 사실을 알 수 있다. 왜냐하면 약한 존재를 보고도 돕거나 관용을 베풀지 못한다면, 그건 그럴 여유조차 없을 정도로 가난하고 약하기 때문일 테니. 실제 그들이 얼마나 많은 재산을 가졌든, 사회적 지위가 얼마나 높든 그건 상관이 없다.

일본 시인 이바라기 노리코는 전쟁이 끝나던 1945년 열아홉 살의 나이로 처음 시를 쓰기 시작했다. 그녀의 대표작 「내가 가장 예뻤을 때」는 당시의 일들을 묘사하고 있다. "내가 가장 예뻤을 때/ 거리마다 와르르 무너져 내려/ 엉뚱한 곳에서/ 푸른 하늘 같은 것이 보이기도 했다"와 같이. 죄 없는 젊은이들이 많이 죽고, 정든 거리는 부서졌는데, 그 어리석은 희생에도 불구하고 일본은 전쟁에서 패했다. 그러니 그녀가 "내가 가장 예뻤을 때/ 나는 몹시도 불행한 사람/ 나는 몹시도 모자란 사람/ 나는 무척이나 쓸쓸하였다"라고 고백한다고 해도 이상할 게 없다. 그러나 반전은 그다음의 일이다.

그래서 다짐했다 되도록 오래오래 살자고
나이 들어 아름다운 그림을 그린

프랑스 루오 할아버지처럼

그렇게 °

내 인생이 반짝반짝 빛났던 순간 역시 마찬가지다. 사회적 성공이나 대중의 주목과는 아무런 관계도 없었다. 오히려 그런 것들과는 너무나 거리가 먼 곳에 있었다. 한 치 앞도 내다볼 수 없을 정도로 캄캄한 어둠 속에 나는 있었다. 현재가 막막하니 미래도 없었다. 더 이상 소설을 쓸 형편이 아니었는데, 그런 상황에서 나는 좀 더 나은 것을 생각하려고 안간힘을 썼다. 덕분에 몇 글자 더 쓸 수 있었다. 바로 그때였다. 내 인생이 조금 반짝거린 건.

그 시점에 내가 생각한 것은 절대 이뤄질 수 없는 꿈이라고 다들 말할 수도 있겠지만, 어쨌든 뭔가가 반짝했다. 세모에 바라보던 밤하늘의 풍등처럼. 그 정도라면 충분하지 않을까? 가장 암담한 순간에도 나이 들어 아름다운 그림을 그린 프랑스 루오 할아버지를 떠올릴 수만 있다면. 그러므로 결론은 가장 밝은 순간에는 물론이거니와 가장 어두운 순간에도 개를 발로 차는 사람은 되지 말자는 것.

○   『처음 가는 마을』, 정수윤 옮김, 봄날의책, 2019, 59쪽.

바람이 분다, 봄날은 간다

　서른 살을 갓 넘긴 어느 날, 그러니까 회사에서 김 과장으로 통하던 시절, 무슨 문학상을 받아 호기롭게 직원들에게 한턱내겠으니 퇴근 뒤 술집으로 다 모이라는, 내 생애 처음이자 마지막 전체 메일을 보낸 날이었다. 그러나 퇴근 직전, 동료 직원 중 하나가 상을 당했다는, 또 다른 전체 메일이 내 메일함에 도착하면서 회식은 취소됐다. 가까운 직원이었기에 나는 몇몇 동료들과 함께 차를 타고 충청도에 있다는 상갓집에 조문하러 갔다. 문상하고 음식 먹고, 다시 서울로 돌아가려고 보니 시간은 이미 자정을 넘긴 상황. 일행 중 한 사람이 삽교호 근처에 가면 조개구이 집이 많다며 이렇게 된 마당에 조개나 구우며 술을 마시자고 해 거기로 갔다.

　그러나 삽교호에 이른 뒤에도 거기 즐비하게 있다는 조개구이 집은 좀체 눈에 들어오지 않아 우리는 밤의 호반도로를 따라 헤매고 다녔다. 그러던 어느 모퉁이에서였을까, 라디오에서 "봄날은 가네, 무심히도. 꽃잎은 지네, 바람에°"라는 노랫소리가 흘러나왔다. 우리 눈앞으로는 어두운 삽교호의 검은 물빛이 펼쳐져 있었고, 다들 삼십대 초반이었다. 내가 알던 나날들은 이미 다 지나가, 검은 밤 안에서 하늘과 호

°　김윤아의 〈봄날은 간다〉 중에서.

수가 구분되지 않듯이 즐거웠던 일들과 슬픈 일들이 모두 하나의 과거 속으로 되돌아갔다. 그런데도 '지금 나는 삼십대 초반이구나'라고 생각하니 그 말의 무게가 고스란히 느껴졌다. 그제야 지나간다는 게, 다시 돌아오지 않는다는 게, 봄날은 간다는 게 무슨 의미인지 어렴풋하게나마 알 것 같았다. 봄날은 가네, 무심히도. 그 '무심히도'라는 말이 가슴에 와 박히는 그 순간부터 나는 김윤아가 무작정 좋아졌다.

돌이켜보면 열심히 산다는 건, 그 많은 나날들을 열심히 과거 속으로 보낸다는 소리이기도 했다. 그로부터 몇 년이 흐른 뒤, 어느 봄날이 됐다. 나는 『밤은 노래한다』라는 소설을 쓰느라 중국 연길의 연변대학교 외국인 학생 기숙사에서 혼자 생활하고 있었다. 지금 생각하면 우스운 일이기도 하지만, 그때는 독립운동하러 고향을 떠나온 사람처럼 매사에 나름 비장했다. 그래서였을까, 밤마다 어김없이 외로움이 제 마음대로 내 독방 방문을 열고 들어왔다. 그 얼굴을 골똘히 쳐다보다가 '왜 또 찾아왔느냐?'고 물으면, 외로움은 내게 '너는 지금 여기서 뭘 하니?'라고 되물었다.

깊은 밤, 혼자 지내는 방에서 듣는 외로움의 물음은, 밤을 꼬박 새운대도 내가 답할 수 없는 것이었다. 그런 밤이면 나는 이불을 두 채씩 뒤집어쓰고 눈을 꼭 감았다. 마치 눈을 감으면 거기 외로움이 없어지기라도 하듯이. 아는 사람이라고는 한 명도 없었던 2004년 늦겨울에서 초봄 사이의 연길, 거기에서는 4월에도 눈이 내렸다. 비록 아침이면 금방 녹아내리는 눈이었지만, 4월의 밤에 눈 내리는 소리를 듣노라면 마음이 한없이 무거워졌다.

그러다 결국 참지 못하고 한 달 만에 친해진 기숙사 수위에게 도대체 연길에는 봄이 언제 오는 것이냐고, 도대체 봄이 오긴 오는 것이냐고 여러 번 따져 물었다. 그 노인은 함경북도에서 국경을 넘어온 사람들의 후손이었다. 나를 달래느라 "연수야, 이제 곧 꽃이 핀단다"라고 말할 때면, 눈 옆으로 수없이 많은 주름이 잡혔다. 노인의 웃음은 따뜻했고, 나의 웃음은 차가웠다. 꽃은 무슨 꽃. 앙상한 가지들을 아무리 들여다봐도 그 나무에서 꽃이 필 것 같지 않았다.

그러다가 언제였던가, 바람이 따뜻해지는가 싶더니 하루아침에 기숙사 주위의 나무들이 일제히 꽃을 피웠다. 아침에 가방을 둘러메고 기숙사를 빠져나가려니까 수위실에 앉은 노인이 소리쳤다. "연수야, 꽃이 피지 않았겠니? 꽃나무 아래에서 술을 마셔야지." 나가 보니, 과연, 꽃이었다. 나는 기적이라도 본 이교도처럼 넋이 빠져 그 꽃들을 바라봤다. 꽃이 피고 난 뒤에야 내가 매일 들여다보던 그 나무들이 벚나무였다는 걸 나는 알았다. 그러니 내가 세상에 대해 뭘 더 알았겠는가?

그럼에도 노인과 나는 약속대로 꽃나무 아래에서 술을 마시지 못했다. 하루아침에 핀 꽃들은 다음 날 저녁이 되자 또 하루아침에 다 지고, 이내 긴 여름이 찾아왔기 때문이었다. 연길의 봄은 너무나 짧아서 순간순간이 아까울 정도였다. 기숙사 주변의 나무들에 꽃이 피기를 기다리는 동안, 나는 김윤아의 두 번째 솔로 앨범을 듣고 또 들었다. 봄이 가장 아름다운 건 꽃이 피기 전까지, 그러니까 간절하게 그 꽃을 기다릴 때다. 꽃은 피고 나면 그뿐, 그 순간부터 봄은 덧없이 지나갈 뿐이다. 내가 서른 번도 넘는 봄을 보내고 나서 겨우 깨닫게 된 진리 같은 게 하나라도 있다면 바로 이런 것이랄까.

김윤아의 두 번째 솔로 앨범. 거기에 〈야상곡〉이라는 노래가 있다. "바람이 부는 것은 더운 내 맘 삭여주려"라고 시작하는 노래다. 나는 이 노래의 처음과 끝, 높은 음과 낮은 음, 희미한 소리와 또렷한 소리를 모두 기억한다. 연길의 봄이 너무나 더디게 왔기 때문이다. 그 노래를 들으면 마음을 아프게 하지 않는, 이상한 느낌의 슬픔이 떠오른다. 언젠가 한번은 그 노래를 부른 사람에게, 덕분에 그해 봄 나는 외롭지 않을 수 있었다고 말해주고 싶었다. 듣는 동안만은 마음껏 그 노래에 기댈 수 있어 행복했었노라고. 이런 고백은 헤어진 애인에게나 할 수 있는 말일 테니, 어떤 의미에서 나는 그 노래와 사랑에 빠졌던 셈이다. 김윤아라고 하면, 이제 그해 봄의 일들만 생각난다.

지나가는 늦봄에는 죽향이라는 이름의 평양 기생이 남긴 시를 읽어볼 만하다.

웅어 올라오는 시절, 누에 치는 때
가깝고 먼 봄빛 산, 모두 연기 같구나.
병치레하느라 모르는 새, 봄 이미 저물어
복사꽃 다 져버린 작은 창문 앞.
鮹魚時節養蠶天　遠近春山摠似烟
病起不知春已暮　桃花落盡小窓前

그해 봄, 그녀 덕분에 내가 알게 된 것은 바람은 지나간 뒤에야 느껴진다는 것이었다. 우리가 그토록 간절히 기다리던 봄날도 마찬가지다. 봄날은 지나간다고 말할 때는 이미 봄날이 다 지나간 뒤다. 어제 피었다가 오늘 저녁에 떨어지는 꽃잎들처럼, 지나가는 봄날은 자취 없고 가뭇없다. 우리가 서로 사랑한 것은 우리가 서로 사랑한다는 사실을 알지 못하던 시절의 일이다. 그 사실을 깨닫는 순간, 모든 것은 지나간다. 만약 우리가 행복했었다면, 뭘 몰랐기 때문에, 그 사실을 몰랐기 때문에. 그래서 자우림의 그녀는 뭔가 아는 사람처럼 목소리에 힘이 넘치지만, 솔로 앨범의 그녀는 뭘 몰랐던 사람, 그러니까 행복했던 여자다. 그래서 나는 솔로 앨범의 김윤아를 더 좋아한다.

　바람이 불어온다. 봄날은 지나간다. 주어와 동사로 이뤄진 그 단순한 문장을 읊조릴 때, 그녀의 목소리는 꽤나 슬프다. 모르고 살아도 좋을 것들을 이제 알게 됐으니 그렇게 슬픈 것이다. 그렇게 봄이 지나가고, 한 해가 가고, 우리의 청춘도 끝나고, 우리는 한때의 우리가 아닌 전혀 다른 어떤 사람들이 되었다. 결국 우리를 용서할 수 있는 건 행복했던 시절의 우리들뿐이라는 걸 이제 알겠다. "구름이 애써 전하는 말, 그 사람은 널 잊었다.°" 이제 막 뭔가 알게 된 김윤아의 목소리를 들을 때면 우리가 깨닫게 되는 것처럼.

°　　김윤아의 〈야상곡〉 중에서.

세계의 끝, 우리들의 마지막

　초원에 사는 몽골인은 시력이 워낙 발달했다는 이야기를 익히 들었다. 그렇다면 그만큼 목청도 좋으리라는 데까지 생각이 미쳤어야만 했을 텐데, 그렇지 못했다. TV 프로그램 촬영 때문에 남쪽의 고비사막에서 북쪽의 홉스굴 호수까지 종횡으로 몽골을 가로지르면서도 말이다. 그도 그럴 것이 초원에서 이동식 천막인 게르를 짓고 살아가는 유목민에게도 이제는 휴대폰이라는 게 생겼으니까. 멀리 아는 이가 보인다면, 휴대폰을 꺼내 전화하면 될 테지.

　하지만 휴대폰이 없었던 시절에는 어땠을까? 5년 전, 울란바토르의 한 극장에서 몽골 전통 공연을 관람하는데 문득 그런 의문이 떠올랐다. 아마도 소리를 질러 아는 이를 불렀겠지, 라고 혼자 대답했다. 마치 무대에 선 저 남자처럼. 무대 위에서는 전통의상을 입은 한 남자가 노래를 부른다기보다는 소리를 내고 있었다. 그러니까 그게 바로 몽골의 전통 소리인 '흐미'라는 것이었다.

　목은 물론, 배와 가슴, 심지어는 머리까지 사용해서 소리를 낸다는 흐미가 여행자에게는 그저 신기하기만 했다. 한 사람의 입에서 고음과 저음, 두 개의 목소리가 나오고 있었다. 도대체 왜 이런 식으로 소리를 내야만 하는 것일까, 하는 의문마저 들 정도로 기이한 발성법이었다. 그래서 처음에는 초원에서 멀리 떨어진 사람이나 가축의 주의를 끌기 위해서 그런 소리를 낸 것이 아닐까 추측했다. 그러고 보면 바람 소리와도, 짐승의 울음소리와도 비슷했으니까.

그렇게 흐미 공연이 끝나자 가면극이 시작됐다. 불교의 가르침에 바탕을 둔 그 가면극은 일종의 교훈극이었다. 사납고도 무자비한 표정의 역신이 아이의 목숨을 앗아가자, 부모가 아이 잃은 슬픔으로 괴로워한다는 내용이었다. 어두운 객석에 앉아 주고받는 대사도 이해하지 못한 채 가면극을 지켜보는데, 어느 순간이 지나면서 말로 형언할 수 없을 만큼 깊은 예술적 감흥이 느껴졌다. 가면극이 끝날 때까지도 죽은 아이가 되살아나는 일은 없으리라는 것을 내가 알아차린 순간이었다. 그 자명한 사실에 비하면, 눈치 없을 정도로 뒤늦은 깨달음이었다. 마치 가까웠던 이가 한 줌의 재로 돌아가고 나서도 오랜 시간이 흐른 뒤에야 비로소 흐르는 눈물처럼.

부활한다거나 다른 존재로 환생해서 가족들을 다시 만난다는 식의 상상력은 조금도 발휘할 생각이 없어 보이는 그 쌀쌀맞은 가면극이 처음에는 당혹스러웠다. 왜냐하면 나는 죽음에 관한 한 온갖 사회적 당의糖衣로 보호받는 한국이라는 나라에서 온 이방인이었으니까. 한국에서는 그 쌀쌀맞은 진실, 그러니까 인간은 누구나 죽으며, 한 번 죽은 뒤에는 누구도 되살아날 수 없다는 그 진실을 대면할 일이 그렇게 많지 않다. 죽음과 고통은 의료 시스템 안에서 세련되게 관리되고 있다. 다들 알겠지만, 최근에는 장례식장에서조차도 죽음을 대면하기가 쉽지 않다. 고독사라는 말이 암시하듯이 이제 죽음은 개인적인 체험의 문제로 축소되고 있다.

그러나 얼마 전까지만 해도 몽골에서는 죽음이 여전히 가족의 문제, 공동체의 문제였다. 그들은 우리보다 조금 더 오래 병을 대면했다. 의사나 MRI 같은 게 아니라 가족, 혹은 공동체 모두가. 때로는 그 병이 데려온 죽음까지도 그들은 자신의 일인 양 바라봤다. 그런 차이를 떠올리자, 그 가면극이 세련된 상상력 대신에 투박한 진실을 보여주는 이유도 이해됐다. 그게 내 문제라면, 나는 그 어떤 고통이라도 감수하고 진실을 바라볼 것이다. 죽어가는 병상에 누워 달달한 위로의 말을 듣고 싶지는 않다. 그 진실이란 제아무리 힘센 권력자라도 죽은 아이 하나를 되살리지 못한다는 사실이었다. 그건 서울의 호텔식 장례식장에서는 좀체 느껴보지 못한 메시지였다.

흐미의 소리가 조금이라도 내 귀에 들어오게 된 것은 그 직후부터다. 무대에서 다시 흐미 소리가 들렸는데, 왜 인간이 그런 소리를 내야만 하는지 조금은 알 것 같았다. 여러 가지 이유가 있겠지만, 거기에는 옛사람들은 일상적으로 고통과 슬픔과 죽음을 대면했기 때문이라는 사실도 들어가지 않을까. 요즘 사람들은 행복이라면 무조건 최고로 여기며, 조금이라도 힘들면 위안이 되는 목소리를 찾아 TV 채널을 돌리고 인터넷을 뒤진다. 마치 자신의 삶에서는 고통과 슬픔과 죽음이 조금이라도 존재해서는 안 된다는 듯이. 당의를 입힌, 이런 일상 속에서 죽음을 대면한 옛사람들이 내던 소리를 이해한다는 건 꽤 힘든 일일 수밖에 없다. 하지만 우리가 그렇게 계속 피해 다닐 수 있을까? 고통과 슬픔과 죽음을?

오래전에 어떤 여자가 글 쓰는 데 도움이 될 것이라며 음반 하나를 내게 선물한 일이 있었다. 판소리 명창이었던 김소희의 〈구음口音〉이었다. 선물이니 처음에는 몇 번 들었으리라. 구음은 목소리로 악기 소리를 흉내 내는 것인데 염불 같기도 하고 울음 같기도 하다. 밤에 그 소리를 듣고 있노라면, 어딘지 섬뜩했다. 사람이 왜 이런 소리를 내야만 하는 것일까? 그런 생각이 들었다. 하지만 그것도 잠시, 이내 다른 노래를 듣느라 나는 그 음반을 꽂아둔 채 10년이 넘도록 다시 듣지 않았다. 내가 그 음반을 다시 꺼내 들은 건 시몬 베유의 『중력과 은총』이라는 책에 밑줄을 긋고 얼마 지나지 않아서였다. 어쩌면, 그 음반을 선물 받던 이십대 후반의 '나'는 다음과 같은 문장에 밑줄을 긋는 사십대 중반의 '나'를 전혀 이해하지 못할지도 모르겠다. 그때의 내가 김소희의 '구음' 을 이해하지 못했듯이 말이다.

집착에서 완전히 벗어나려면 불행을 겪는 것만으로는 충분하지 않다. 위안이 없는 불행을 겪어야 한다. 위안이 있어서는 안 된다. 위안을 생각할 수 없어야 한다. 그럴 때 비로소 형용할 길 없는 위안이 내려온다.

다른 사람이 나에게 진 빚을 면제해줄 것. 미래의 보상을 요구하지 않으면서 과거를 받아들일 것. 시간을 순간에 정지시킬 것. 또한 죽음을 받아들일 것.°

모든 당의와 위안이 소멸된 곳, 더 이상의 미래도 보이지 않는 곳, 시간이 마침내 정지된 곳이 있다. 어떤 난관에도 지치지 않고 거기까지 간 이들마저 마침내 발걸음을 멈출 수밖에 없는 곳. 세계의 끝. 우리들의 마지막. 거기서 우리는 흐느끼겠지. 흐미처럼, 혹은 구음처럼. 자신은 불행했다고, 그간 많이 힘들었다고, 가슴 아픈 적이 많았고 포기하고 싶은

°　시몬 베유, 『중력과 은총』, 윤진 옮김, 문학과지성사, 2021, 22쪽.

순간도 많았다고 말하려는 목소리일 것이다. 그런 이들에게 비로소 내려오는 빛이 있다고 시몬 베유는 말한다. 그 빛을 대면하는 순간, 그간의 고통과 환희가, 성공과 실패가, 불행과 행복이 모두 거기에 이르기 위한 과정이었음을 우리는 알게 되리라.

꽃 지는 시절에 다시 그대를 만나기를

임방울의 단가 〈편시춘片時春〉을 듣는데, '낙양성도 낙화소식洛陽城都 落花消息', 이 여덟 글자가 귀에 와서 쏙 박혔다. 옛 낙양, 그러니까 지금의 뤄양에 가본 건 지난해 봄이었다. 해가 저문 뒤에 뤄양에 도착했는데, 거리마다 내걸린 붉은 등빛을 보노라니 긴 여행으로 지친 몸과 마음이 봄눈 녹듯 일순 사라져버렸다. 차창에 어리는 그 불빛을 바라보며 나는 지난 수천 년 동안 나와 마찬가지로 뤄양의 불빛에 매혹됐을 수많은 사람들을 생각했고, 그들 모두에게는 사랑하는 사람이 하나쯤 있었음을 생각했다. 또 그들 모두에게는 이루지 못한 꿈도 하나쯤 있었음과, 이제는 그들 대부분이 이 세상 사람이 아니라는 사실을 생각했다. 〈편시춘〉 가사에도 나오는바, 우산牛山에 올라 너른 땅을 바라보며 '이 기름진 땅을 두고 어찌 죽을 수 있겠는가?'라며 울었다던 제나라 경공의 일화를 떠올릴 만큼 아름다운 밤풍경이었다.

그러나 경공의 그 탄식에 안자가 말했듯 '역대 영웅 군왕들이 다 잠시 소유하다가 두고 간 땅을 놓고, 자신도 두고 갈 일이 애달파서 눈물 흘리는 일은 어질지' 못한 게 분명하리라. 그러니 꽃이 피면 그 한 조각 같은 봄이나마 즐기면 되는 일이지, 봄이 짧은 것을 굳이 서러워할 일은 아닌 듯하다. 정작 뤄양에서는 그런 마음이어서 말로만 듣던 '낙양

의 봄'을 직접 맛본다는 기쁨에 한껏 들뜬 채 지내다가 돌아
왔는데, 그로부터 1년이 흐른 지금, 옛 음원 속에 담긴, 지금
은 죽고 없는 옛사람이 부르는 단가 속 그 여덟 글자에 내 가
슴이 철렁 내려앉을 줄이야. 그러면서 얼마 전, 누군가 내게
지금도 봄꽃이 피면 가슴이 설레는지 물어온 일이 떠올랐다.
가만히 생각해보니 이제 꽃이 피기를 기다리는 일은 예전처
럼 절박하지 않은 대신 꽃이 지는 걸 반드시 지켜보게 됐다
고나 할까.

　뤄양에서 조금 더 서쪽으로 이동하면, 마찬가지로 오래
된 도시인 시안이 나온다. 당나라 시절에는 '장안'이라고 부
르던 곳이다. 계획도시라 방원형으로 거리가 반듯한 장안
의 남동쪽에는 '곡강'이라는 연못이 있었다. 이 연못은 지금
도 시안의 남동쪽에 있는데, 예나 지금이나 사람들이 많이
찾는 유원지라 당나라 시절부터 곡강을 노래한 시들이 많았
다. 그중 대표적인 것이 '인생칠십고래희人生七十古來稀'라
는 구절이 등장하는 「곡강」이라는 시다. 이 시는 '일편화비
감각춘一片花飛減卻春', 즉 '한 조각 꽃이 져도 봄빛이 깎이거
니'로 시작한다. 피는 꽃이 아니라 지는 꽃 아래에서 두보가
술을 마시는 까닭은 아마도 이 시를 쓸 때, 그의 나이가 47세
였기 때문이 아닐까? 사람의 삶에서 나이라는 게 뭐 그리 중

요할까 싶다가도 이렇게 세상의 보는 눈이 달라지는 걸 보면 신기하다기보다는 앞으로의 인생이 흥미진진해지지 않을 수 없다.

그러고 보면 이제 나도 두보가 이 시를 쓰던 연배에 거의 도달했다. 이십대 시절부터 이 시를 좋아했으니, 한 20년 열심히 「곡강」을 들여다본 셈인데, 이제야 슬슬 눈에 들어오는 구절도 있다. 예컨대 '몸 많이 상하는 게 싫다고 술 머금는 일 마다하랴莫厭傷多酒入脣'라는 구절에 나오는 '상다주傷多酒'랄까. 이건 술을 많이 마셔 몸이 상하는 일을 뜻하는데, 20년 전이라면 봄꽃에 술 마시며 이런 걱정 같은 건 두보나 나나 전혀 하지 않았을 것이다. 그 좋아하던 술 마시는 것도 몸 상할까 겁내는 나이가 불과 20년 만에 찾아올 줄이야 두보라고, 또 나라고, 그리고 임방울이라고 알았겠는가! 그러니 '인생 칠십고래희'라고 미리 겁내는 두보의 심사도 알 만하다.

그러나 한 조각 꽃잎처럼 지고 마는 이 짧은 인생에 남는 것은 회한과 자포자기일 뿐일까? '곡강'을 쓰던 시절로부터 다시 십수 년이 지난 770년, 두보는 병마사 장개의 난을 피해 형주에 머물고 있었다. 안녹산의 난이 끝난지도 15년이 지났건만, 화려했던 성당盛唐의 옛 영화는 다시 돌아오지 않고 있었다. 그러던 어느날, 두보는 우연히 장안 시절의 소년 가

수 이구년을 만나서는 칠언절구 한 수를 썼다. 그게 바로 「강남에서 이구년을 만나다江南逢李龜年」로 마지막 구절은 '꽃 지는 시절에 그대를 또 만났구려落花時節又逢君' 다. '낙화 시절', 아무런 기교도, 비유도 없는 이 네 글자는 두보와 이구년이 모두 젊었던 시절, 그러니까 안녹산의 난으로 모든 게 폐허가 되기 이전, 장안의 아름다운 풍경을 파노라마처럼 읽는 이의 눈앞에 펼쳐 보인다. '낙화 시절'은 그들이 한때 소년 가수, 소년 시인이었다는 사실을 말해준다. 지는 꽃이 한때 새로 피어나던 꽃이었듯이.

스피커에서 무심히 흘러나오던 '낙양성도 낙화 소식'에 흔들린 마음은 어느 틈엔가 '추억'에 귀를 기울이기 시작했다. 잘 알다시피 이 노래는 임방울이 직접 만든 단가로 사랑하는 여인의 죽음을 애도한다. 이 노래의 정조는 너무나 구슬프고 가사는 애달프기 그지없다. "앞산도 첩첩허고 뒷산도 첩첩헌다"라는 첫 소절을 들으면 누구라도 눈앞이 캄캄한 기분이 들 것이다. 그러나 조금 있으면 서서히 눈앞의 어둠이 걷히면서 너무나 사랑했던 두 남녀의 모습이 영화를 보는 것처럼 또렷하게 보이기 시작한다. 낙화 시절을 노래하는데, 꽃이 만발하던 전성기가 보이는 것처럼, 이별, 그것도 영영 이별을 노래하는 이 마당에 왜 둘이서 전국을 돌아다니며